写给大自然的情书
荒野游踪

仲夏夜探秘

徐仁修 撰文·摄影

北京大学出版社
PEKING UNIVERSITY PRESS

图书在版编目（CIP）数据

仲夏夜探秘 / 徐仁修撰文、摄影. —北京：北京大学出版社，2014.7
（徐仁修荒野游踪·写给大自然的情书）
ISBN 978-7-301-24145-5

Ⅰ.①仲… Ⅱ.①徐… Ⅲ.①散文集—中国—当代②摄影集—中国—现代 Ⅳ.①I267②J421

中国版本图书馆CIP数据核字（2014）第074694号

书　　　名：	仲夏夜探秘
著作责任者：	徐仁修　撰文·摄影
丛 书 策 划：	周雁翎　周志刚
责 任 编 辑：	郭　莉
标 准 书 号：	ISBN 978-7-301-24145-5/I·2747
出 版 发 行：	北京大学出版社
地　　　址：	北京市海淀区成府路205号　100871
网　　　站：	http://www.pup.cn　新浪官方微博：@北京大学出版社
电 子 信 箱：	zyl@pup.pku.edu.cn
电　　　话：	邮购部 62752015　发行部 62750672
	编辑部 62753056　出版部 62754962
印 　 刷 者：	北京中科印刷有限公司
经 销 者：	新华书店
	650毫米×980毫米　16开本　10.5印张　122千字
	2014年7月第1版　2014年7月第1次印刷
定　　　价：	39.00元

未经许可，不得以任何方式复制或抄袭本书之部分或全部内容。
版权所有，侵权必究
举报电话：010-62752024　　电子信箱：fd@pup.pku.edu.cn

目录 CONTENTS

总 序/1
不顾一切地朝建设"经济奇迹"的目标努力后，人们口袋里的钞票不断地增加，同时，我们环境的污染指数也不断增高，而大自然里的生物却快速地减少。

缘 起/3
夜，因为光线不足而显得神秘，甚至有些恐怖，总让人觉得有什么"东西"躲在那眼睛不能看见的黑暗中窥伺，甚至我们的大脑还会用幻觉帮我们制造幻象，让我们以为真的有"什么"！

夏夜小溪/5
一条清澈、原始的小野溪，不仅风景优美，也是大自然中许多野生动植物重要的栖息地。

垦丁仲夏夜/49
疏林/53
这片疏林很少有人来打扰，是一片充满热带野性的地方，有许多被人们视为具有危险性的动物栖息其中。

目录 | CONTENTS |

雨后/71
大自然的一切是可遇不可求,但你愈常亲近它,你的奇遇就愈多。

季风林/91
蝉声歇后,蟋蟀声四处幽幽响起,纺织娘在树梢上吵了开来,领角鸮遥遥鸣叫,蝙蝠就在我头上扑翅飞来飞去。

社顶公园/105
无忧无虑、不思不动、无他无我,大地是我的躯体,山脉是我的四肢,草木是我的发肤,河流是我的血管,山风是我的气息,花草是我的气味,虫鸣鸟叫是我的声音。

夏夜密林/121
雨后的夜晚空气凝滞,纹风不移,万叶静止,林树沉睡。我从巨干间穿过,有如走入地球洪荒的年代,一股原始的神秘弥漫在这墨黑的林中。

自一九七五年以来,台湾不顾一切地朝建设"经济奇迹"的目标努力后,人们口袋里花花绿绿的钞票不断地增加,同时,我们环境的污染指数也不断增高,而大自然里的生物却快速地减少,萤火虫消失了,泥鳅、蛤蜊、青蛙……不见了,小溪岸、河堤、沟渠、田埂……大都铺上了坚硬、粗暴、丑陋的水泥,美丽、生动的大自然渐离我们而远去,孩子们也越来越少有机会去接近自然、向自然学习,也无法从自然那里得到启示、快乐、感动,儿童最珍贵的想象力也难以得到大自然的滋润,正如一位小朋友说的:"台湾的虎姑婆移民去了,因为大人把大树砍光,虎姑婆没有森林可以藏身了……"

为了保留台湾大自然的一线生机,二十年来,我经常上山下海,以纸笔、相机来记录美丽丰饶的宝岛。为了让儿童有机会与能力接触大自然,我也花好多时间去为孩子们演讲,并带领他们到荒野自然去进行观察与体验。我发现这种播种与扎根的工作是真正保护台湾大自然生机的最佳办法,而且效果显著,这些孩子都懂得从一个更宏观、更长远的眼光来反省生活与面对自然。

过去我与许多人曾以环保运动来抵抗那些制造污染、破坏大

地的大企业,其结果就像遇见了希腊神话中的九头妖龙——你砍去一个龙头,它会再长出两个头来一样,不但没完没了,还会被套上"环保流氓"的大帽子而难以脱身。但是,这些曾深入荒野、受过大自然感动与启示的孩子,在长大之后,若是成为政府决策官员,他们不会为虎作伥;若是成为企业家,他们早就明白,"违反自然生态的投资"对整个地球、人类而言,是极为亏本、得不偿失的投资。

为了台湾的自然生机,为了孩子们,我在一九九五年创立了荒野保护协会,旨在汇聚更多理念相同,真正爱大自然、爱台湾、爱孩子的有心人士,一起来推动这个观念。此外,我也通过远流出版公司,出版我这二十年来在台湾山野所做的自然观察与体验,一方面为记录,一方面是我与大自然相处的经验传承,更是我在自然深处的沉思与反省。*

如果你阅读这一系列"徐仁修的自然观察与体验"而感到有些心动,请与荒野保护协会联系,你很可能就是那些将影响台湾未来的"荒野讲师"或"荒野解说员"。

---

* 徐仁修先生曾在台湾地区的远流出版公司陆续推出以"徐仁修的自然观察与体验"为主旨的系列图书,它们包括:《猿吼季风林》《自然四记》《仲夏夜探秘》《思源垭口岁时记》《荒野有歌》《动物记事》。这篇总序正是为这些书而写的。

缘起

夜,因为光线不足而显得神秘,甚至有些恐怖,总让人觉得有什么"东西"躲在那眼睛不能看见的黑暗中窥伺,甚至我们的大脑还会用幻觉帮我们制造幻象,让我们以为真的有"什么"!

若从大自然的角度来看夜晚,白天的猎食动物远比夜晚多,例如,百分之九十以上的鸟类是在白天觅食,而只有猫头鹰、夜鹭等少数鸟类是在夜晚猎食。是故,有很多被猎食的动物是借夜色掩护出外觅食,例如众多的蛾、鸣虫、野鼠、青蛙……尤其在仲夏夜,这些夜晚活动的动物更是格外的多而热烈……此外,为了配合夜间现身的"媒婆",就有植物选在仲夏夜里开花,像洁白又大朵的山菜豆花、花丝如光芒的棋盘脚花,以及只在夜晚才分泌蜜汁的球兰……

仲夏夜里最让人害怕的大概是毒蛇。的确,大部分的毒蛇都在夜晚出没,像雨伞节、赤尾鲐、龟壳花……但在我的经验中,它们的危险性还不如虎头蜂。至少到现在为止,我还未遇见过任何一条蛇会像虎头蜂那样追着人进攻,甚至是群攻。每次我在黑夜中与毒蛇相遇,反而是毒蛇跑,我追,因为我要拍照。真的,人怕蛇的程度,远不如蛇怕人,在台湾还没有蛇吃人的记录,而

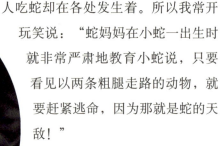

人吃蛇却在各处发生着。所以我常开玩笑说:"蛇妈妈在小蛇一出生时就非常严肃地教育小蛇说,只要看见以两条粗腿走路的动物,就要赶紧逃命,因为那就是蛇的天敌!"

我有很多夜晚在大自然里作观察或漫游的经验,尤其是仲夏夜,在不同的森林中,或在荒野小溪里,或在湿地池沼间,我既没有遭遇过什么危险,也没见到什么鬼怪,倒有不少有趣的经历与深刻的感动,我都记述在本书中。我想,许多曾随我进入仲夏夜大自然的解说员,或荒野保护协会的会员,甚至那些参加过荒野儿童生态营的小朋友,都能证明仲夏夜的无限魅力。

夏夜小溪

我在仲夏夜里,沿着一道岸树蓊郁的小溪往上游溯去。这儿我在大白天里刚来过,现在来则想探知这条原始、阴沉的溪流,活动于夜间和日间的生物有何不同。

许久没下雨了，小溪的流水低落了许多，在石块间安静地流着，不再像梅雨期间那样，淙淙而下，盛气凌人。

我在仲夏夜里，沿着一道岸树蓊郁的小溪往上游溯去。这儿我在大白天里刚来过，现在来则想探知这条原始、阴沉的溪流，活动于夜间和日间的生物有何不同。

记得白天里，刚涉入这条地处幽深的小溪时，我那仍未十分适应阴暗的眼睛，却被穿树而下的几道光束中一闪而逝的金属光泽所吸引。后来发现是许多被我惊起的豆娘，飞舞穿越光柱。那情景就像看见了吉光片羽，教人难忘。

此刻，这些豆娘全无声无息地停在小枯枝端或挂在下垂的叶尖上。在这里它们可以安然入梦，因为这些小枯枝、小叶片无法支撑豆娘的夜行天敌，像树蛙、蜥蜴、巢鼠等来袭。

继豆娘之后，被我惊起的是正在湿石上吸水的灯蛾，它们纷纷朝我的手电筒飞来，展示飞蛾扑火的天性。

我赶忙将手电筒压低，远离脸孔，免得飞蛾撞入眼睛。

两年前，我跟一位名叫巴布的美国自然学家在高雄六龟的山里工作，我摄影，他则负责采集蛾的标本。

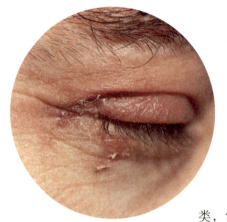

巴布被枯叶蛾尾上的毒毛刺着，一个星期过后仍未痊愈的情形。

有一夜，他正在大型的诱捕蛾灯前，搜集各种被诱飞来的蛾类。可能是眼镜反光的关系，把只笨蛾诱了过来。突然一只蛾扑向他的眼睛，不幸那是只有毒的枯叶蛾，正好把毛刺入他眼睑。结果整个眼眶肿了起来，巴布足足当了七天的独眼龙。

蝴蝶吸水我们都见过，尤其是凤蝶类，常常群聚吸取泥泞中的水，这主要是为了要从水中摄取钠。因此，聪明的捕蝶人就利用人尿中含有很多钠的特性，把尿洒在河边的湿地上，将成群闻尿而聚集吸水的蝴蝶一网擒获。

至于蛾类吸水的目的大概也没什么不同吧！它们吸水的情形也很类似，都是一面吸一面洒。在灯光下，我可以看见吸水的蛾，尾部每隔十几秒钟就喷出一道短水柱。

吸水的蛾大都是灯蛾类，我不知道其他蛾种是否也有吸水的习性。另外我在水边也见到一只魔目夜蛾，但不敢确定它是否也吸水，或许在我见着它时，它已吸得饱足而正在作茶余饭后的休憩。

魔目夜蛾的样子就如同它的名字一样吓人，既华丽又恐怖！一对又圆又大的眼型花纹，像极了魔鬼睁大铜铃般的眼睛，再配上一张大嘴巴，一副魔鬼造型，的确能达到吓退敌人的目的。

魔目夜蛾白天大都藏匿在阴暗的草丛里，是一种不易拍摄到的蛾类。但是，现在它借着黑夜掩护，大摇大摆地坐在冷饮台上，任君摄取镜头，得来全不费工夫！

一条清澈、原始的小野溪,不仅风景优美,也是大自然中许多野生动植物重要的栖息地。台湾原有无数的美丽小溪,但在近些年却灌敷上大量的水泥,从此变成丑陋不堪、破坏大自然生态的排水沟。

上图 豆娘是一种小型的肉食昆虫，是蜻蜓的小表亲，中国古时称它为幽蟌，图中亮丽宝蓝色的豆娘，名叫白痣珈蟌，是豆娘中最美丽的一种。

右页上图 纤小的豆娘同时也是其他较大型的肉食动物的食物，图为一只杜松蜻蜓正在吃一只雌的白痣珈蟌。

右页下图 一只短腹幽蟌捕获了一只蜉蝣，正在大快朵颐。

夜蛾是活动于夜间的中型蛾类,通过吸水的动作,吸食养分。

有些蛾种也跟大多数蝴蝶一样，有吸水的习性，主要是为了吸收水中的钠。但因为蛾多在夜间活动，所以少有人看见它吸水。图中一只灯蛾正在一面吸水一面喷水，身后的一列水珠正是它吸水之后又喷出体外的水柱。

魔目夜蛾是一种活动于夜间的中型蛾,它的名字全因身上的图案而得名。仔细看,它还真的有些吓人。

水边的一些石块上,有几只狩猎蜘蛛埋伏在那里,这些不会织网的蜘蛛,完全靠伏击猎取食物。看来它们的成绩也不错,有的已经在享受大餐了,菜肴正是吸水的灯蛾。

狩猎蜘蛛虽然没有织网的功夫,却有凌波渡水的轻功,紧急时还可潜藏入水。

往上行去,我发现几只褐树蛙也分别埋伏在水边的大石上,等候晚餐上桌。当然,这还得看它埋伏位置的好坏,以及运气好否。也许飞来一只肥蛾,也许要挨饿一整天……

褐树蛙的体色变化很大,从土灰、淡褐到褐红,甚至黄色,每每随着环境而改变。这使它拥有良好的保护色,不致被天敌发现而成了敌人的晚餐,也不致让猎物发现它,而错失了一顿晚餐。但大部分求偶期的雄褐树蛙为金黄色,雌的为红棕色。

褐树蛙的体色曾使一位当小学老师的朋友闹了个小笑话。有一次,他指着一只肤色鲜黄的褐树蛙说:"大家看!石头上有一只'青'蛙!"

学生们看见那只"黄"蛙后,都不约而同地把视线从蛙身上转到老师脸上,他们一致认为老师的色盲未免太离谱了!

在这夜晚的小溪中,我也见到了体型硕大的斯文豪氏赤蛙。台湾人称它为"石蛙",缘于它大多出现在溪中的大石块或岩壁上。它的鼻子较前突,所以也被称为"尖鼻赤蛙"。

斯文豪氏赤蛙是除了树蛙科之外,唯一脚趾下长有吸盘的赤蛙类,这吸盘可以让它吸附在石壁、岩壁上而不致跌落。

斯文豪氏赤蛙的皮肤颜色也可随着环境而改变,但以背上绿、周边石灰色或落叶色最为常见。这使它在水边长有青苔的岩石上活动时，不易被蛇、鸟这类天敌发现，也足以使那些大意的猎物们不知不觉地送上门来。

斯文豪氏赤蛙虽然是夜行性动物，但却常于白天躲在石洞里鸣叫。它的叫声很像鸟的啼叫，是一种很高亢的"咻"声，很容易用口哨模仿。

几年前，我在乌来的小山溪训练解说员，那天是听鸟与赏鸟的课程。后来我看见一组人，一直在溪旁一小片树林里转来转去，显然他们正在找鸟。

许久之后，这些人跑来问我："老师！这是什么鸟的叫声？我们找了好久也找不到！"

他们错把斯文豪氏赤蛙的鸣叫当做鸟鸣。我开玩笑地说："这种鸟叫菜鸟！"

这群白天躲藏起来的生物，现在借着夜色的掩护，纷纷出来觅食，我可以轻轻用手指替它们搔痒，而不至于将之惊走。

当然，如果我的力道重了点，它们会猛然一跳。这一跳往往是破纪录的一跳，到目前为止，我还没发现任何一种蛙可以比斯文豪氏赤蛙跳得更远。

此事若为天真的美国佬知晓，说不定我们的斯文豪氏赤蛙会扬名美国。连我们的跳远选手也说自己虽跳不过美国人，但跳蛙就大可轻易帮我们扳回一成。

这条小溪既然这样多蛙类，那么它们最大的天敌——蛇类也自然不会缺席。

我正这样想着，探照灯的聚光点处就出现了一条翠绿色的赤尾鲌，它摆着向下攻击的姿势，埋伏在水边的岩石上。很显然，它等待的就是蛙类。

左页图　埋伏在水旁突石上的狩猎蜘蛛，其中一只猎获了前来吸水的大意灯蛾。

上图　大自然中因为食物链的关系，处处可见"螳螂捕蝉，黄雀在后"的现象，蜘蛛吃蛾，但自己也会成为斯文豪氏赤蛙的食物。

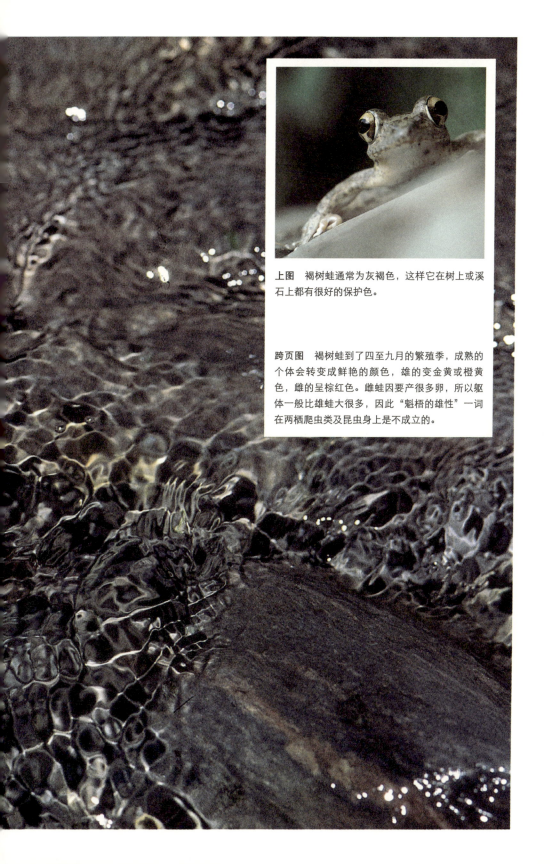

上图　褐树蛙通常为灰褐色，这样它在树上或溪石上都有很好的保护色。

跨页图　褐树蛙到了四至九月的繁殖季，成熟的个体会转变成鲜艳的颜色，雄的变金黄或橙黄色，雌的呈棕红色。雌蛙因要产很多卵，所以躯体一般比雄蛙大很多，因此"魁梧的雄性"一词在两栖爬虫类及昆虫身上是不成立的。

左页上图 斯文豪氏赤蛙是赤蛙科中唯一有吸盘的，所以能在湿滑的山溪、湿石上活动。它有不错的保护色，白天不易发现它们。雄的鸣声响亮如哨，有如小鸟的鸣叫，常被许多刚入门赏鸟的"菜鸟"当做鸟来寻找，所以我才戏称斯文豪氏赤蛙为"菜鸟"。

左页下图 来到裸露的溪中岩壁，斯文豪氏赤蛙会逐渐转为暗灰的石板色，使自己不会成为明显的目标。

下图 来到溪边落叶多的地方，斯文豪氏赤蛙的体色会转为落叶般的褐色。

赤尾鲐是我所知最有耐性的动物之一，我曾经看见一条赤尾鲐伪装成青藤的样子，埋伏在溪边的一棵树上，达七天七夜之久。

在这七日夜当中，还下了两场大雷雨，可是它不曾为此动一下。

在一场夜间豪雨之后的第二天早上，我专程去检验它的耐性：它身上仍然挂满雨滴。显然它不曾移动过，因为只要稍稍动一下，那些较大的雨滴就会滴落。

七天之后，我的粮食耗尽而必须离去，但它依然老僧入定般地寂然不动。

我挥别它时，很想对它说："祝你好运。"但最后我还是没有开口，因为它的好运就是其他动物的噩运。

年少时，我曾多次从蛇口中救出那些哀鸣的青蛙，并自认作到了日行一善。及长，我逐渐明了大自然的生态法则：有许多生命的维持须靠更多生命的结束来达成，对一种生物的仁慈很可能就是对另一种生物的残酷。

我曾看见一条饥饿的拟龟壳花蛇，把一只蟾蜍逼至无处可逃的角落。那只蟾蜍竟然不再跳动，安静等待命运之神的安排，甚至它被吞食时，也不曾多作挣扎。这种"宿命"般的认命让我颇为震惊。

此后，我对自然界中的恩恩怨怨，完全采取冷眼旁观及不介入的态度，除非是受到了"人"的干扰。

其实，大自然中，到处都充满着"螳螂捕蝉，黄雀在后"的层层关系，生存与死亡都有其严肃的意义，婆婆妈妈、妇人之仁，或贪婪成癖、妨碍自然法则都是违反自然之道。

这条赤尾鲐选择这块岩石作为埋伏的地点，绝不是偶然或随意，它必经过观察以及长时间的经验累积。我猜它一定是在这里多次捕获猎物之后,才得到这个最佳埋伏场所。

有一年夏夜,我在庐山的小溪边,发现一条赤尾鲐埋伏在那里,我没有惊扰它。第二天白天打从那里经过,发现它已经不在。可是到了晚上,它又出现在同一块岩石上,姿势也大同小异。

接下来几天,发现它每天都到同一地点上班,煞是有趣。

那年初秋,我路过雾社,特别为它在庐山停了一夜,发现它依然在同一地点"狩"候。

次年的初夏,我熬不过好奇心的驱使,专程迢迢从台北赶到庐山,只为了看看那条赤尾鲐是否依然在同一地点上班。

那天入夜后不久,我就到达该处。巨石依旧,却不见蛇影。我有点担心,会不会这里离游客行走的步道太近,以致它被无知的恨蛇人所杀害?

等了一个多小时,蛙类纷纷出现,萤火虫也疏疏落落地闪着光,可就是没有赤尾鲐的踪影。

八点半,我失去耐性起身准备离去时,用手电筒作最后一次巡礼,突然我看见一条赤尾鲐正沿着山壁爬下来。

我不敢肯定它就是去年的那一条,因为它虽然与去年那条同样是条母蛇,但却略显粗大。它对我手上的强光有了反应,立刻停止滑行,我赶忙把灯光偏开。

过一会儿,它又开始移动。在略为昏暗的余光中,我看见它慢慢下到溪边,然后往上游到巨石旁。几分钟后,它已摆好我所熟悉的攻击姿势,我确定它就是去年的那条母蛇。

也许有人要怀疑我怎么知道它是条母蛇。的确,有许多蛇类从外表难以分辨雌雄,除非把它抓起来挤出生殖器,但赤尾鲐却不难从身体两侧的纵线分辨,雌的只有一条白纵线,而雄的却多了一道红色的纵线。

今夜我溯溪遇见的就是一条公蛇，身侧两道红白纵线非常明显。

当我继续往上游行去，陆续又发现了好几条赤尾鲉，有的在石块上，有的在水边姑婆芋上，也有的在树上。

在这些翠绿色的蛇中，有一条不是赤尾鲉，而是温驯的青蛇。这条青蛇正盘着身子在小树枝上睡觉，它是昼行性动物，一到晚上则找一个安全舒适的地方休息。

这条青蛇有一个小圆头及一双大而明亮的眼睛，长得是玲珑可爱，与有大三角头的赤尾鲉真是差若天渊，可说是善良与邪恶的对照。但遗憾的是，无毒也不会咬人的青蛇，常被当做有毒的赤尾鲉，而被无知的人处死。

有一次，一位朋友送了一条青蛇给太鲁阁"国家公园"徐国士处长的千金，那时她还是小学生。一天，她把青蛇带到学校去，当她正高高兴兴地向同学们说明、展示青蛇的可爱时，突然一个男老师冲了过来，一棒子就把青蛇给击毙了。

徐小妹妹伤心难过自然不在话下，但身为一名老师，却在众小学生面前，作了一个最坏的示范：不分青红皂白，不尊重生命。如此怎可能教导学生仔细观察、明辨是非呢？

其实，会伤人的蛇只占极少数，而且大多是在它受到严重的伤害时才会反击。人蛇之间最大的障碍，是来自人类的恐惧与敌意，而这两种情绪常常使得人蛇之间产生相互的伤害。

我有一位公务员朋友，有一回因职务调动而奉派到高雄六龟，分配到一栋屋龄约六十岁的日式宿舍。一个星期日下午，他在客厅看报纸，而他那正爱爬的儿子，则在榻榻米上到处探险爬行。他翻阅报纸的眼睛余光，忽然瞄到电视机旁的儿子手上抓了一条长长的东西。定睛一看,"糟了!"他暗叫一声,因为孩子双手正抓着一条大拇指般粗的龟壳花。

他一时呆住了,不知要如何是好。而且更严重的情况发生了:儿子发现电视机架子下也有一条同样生动的玩具,但他已经无手可取,这个聪明的娃娃竟然灵机一动,把手上的蛇举到嘴边,并张口用嘴衔住,然后双手一伸,那条架子下被冷落的龟壳花也落到热情的小手上。

幸好那位学自然科学的爸爸没有大叫或冲过去抢救儿子。他定过神后,慢慢拿起身旁桌上的奶瓶,然后语气温和地说:"来,宝贝!放下玩具,过来吃奶奶!"

孩子松开那两条被耍得无可奈何的龟壳花,头也不回地朝爸爸爬去……

孩子没有受到伤害,是因为他没有恐惧与敌意,所以蛇也没有被激发出恐惧与敌意,它知道对方没有伤己之心,自己也用不着防卫伤人。

更重要的是爸爸的态度。如果他表现出惊慌、恐惧与敌意,孩子就会受到感染,可能动作会变得粗重,蛇也会感受到气氛不对,那么孩子是否能全身而退也就令人怀疑了。

人对蛇的恐惧与敌意,源自古老的记忆。许多人怕蛇怕到连看见蛇的图片都会惊叫,我戏称这些人大概前世是被蛇咬死的人。其实,对蛇的恐惧可以通过了解与接触而克服。

多年前我在《牛顿》杂志担任摄影时,常在清晨跑到乌来去拍照,然后再赶去办公室上班。有一个夏末的早晨,我刚结束乌来的拍照,不巧看见一条蛇被鹰攻击,从树上掉下来。我过去一看,发现是一条很美丽的青蛇,它已昏了过去。当时我心里动了一下,想:"好吧!就算跟你有缘,我救你一命好了,虽然你不是白蛇传里的那个小青!"

因为我手上拿着许多器材,我就把昏去的蛇缠在脖子上,而它的头就垂在我胸前。我就戴挂着这条翡翠项链,到乌来车站准备搭公车回杂志社。

排队等公车时乘客蛮多,可是他们一见到我那绝无仅有的项链,竟然纷纷让开。当公车来时,我是第一位上车的乘客。

踏上公车阶梯时,那平常粗声恶气的司机,突然客气起来,用闽南话说:"大哥!拜托你坐后面一点好吗?"原来翡翠项链所以昂贵,是缘于如此奇妙效用!我心想。

这趟车乘客不少,但大哥我一人坐一大排位子。

回到杂志社已经迟到了,管人事的彭静容小姐就拿签到簿要我补签。

在我签到时,彭小姐看见了我的翡翠项链,竟然说:"徐大哥,你年纪不小了,怎么还玩你儿子的假蛇!"

这时青蛇早已苏醒过来,并把蛇首挺在我下巴前,但它似乎挺喜欢我的脖子,所以静静地待在那里,任谁都会认为那是条假蛇。

"是啊!"我说,"这叫返老还童!"

"这蛇做得可真漂亮!"她看着我脖子说,"借我玩玩好吗?"

"可别吓着了!"我说着就把蛇取下交到她手上。

她用双手捧着蛇,并慢慢靠向她的大近视眼,端详了一会儿然后说:"做得好像真的一样耶!"

正当人蛇四目相对时,青蛇突然对着那射来赞赏眼波的双眼,报以长长开叉的蛇信。

"啊——"彭小姐惊叫一声,双手往上一甩,同时厉声尖叫,"是真的!"

青蛇被重重地抛起，撞到了天花板，又弹落下来。幸好我眼明手快，一伸手，把它接在手中，否则它很可能就不只是再昏死一次了。

随后我请同事们一起来了解蛇，没有多久，他们一个个都变成了弄蛇人。当然这只是个开端，虽然他们口口声声说"蛇很可爱，蛇不可怕嘛"，但我知道在野外如果真遇上了蛇，他们仍然会是吓得要死，或嚷或跑，连蛇长什么样子也不曾看清楚。

今晚这条青蛇睡得真酣，由于双眼没有眼帘可以阖起来，那对眼睛看来仍是那样又大、又圆且水汪汪。

后来它被相机的闪光灯惊醒，开始不断地吐着蛇信。其实蛇吐信并没有什么可怕，不过是利用舌头上敏感的嗅觉，侦知周围的状况，以弥补它不好的听觉与视觉罢了！

许久以来，人们一直以为蛇是聋子，因为它没有外耳，后来生物学家才发现蛇有内耳。因为内耳隐藏在皮肤下，所以听力较差，但它对地面传来的震动却非常敏感，通常可以从动物踩在地面所产生的震动判断出该动物的大小。

这条青蛇大概从空气中嗅到大型哺乳动物的气味，而显得有些坐立不安，开始在它的树枝床上蠕动。虽然对它不致造成伤害，但打断酣梦，到底是件令人讨厌的行为，我赶快鞠躬道歉，别它而去，免得它万一反应过度，从树上掉下来，我还得施行急救。

现在一路上遇到的生物，都是方才见过的。我渴望见到新鲜的，来丰富今晚的小溪之旅。

终于，灯光照到一只正在睡觉的小鸟，一只黑枕蓝鹟。是雄的，因为它额头上有一撮黑色绒毛，颈上也有一圈似项链的黑羽，而雌鸟则无，且身上的蓝色较浅。

黑枕蓝鹟一般生活于低海拔的树林里，性机警好动，即使在

蛇类为肉食性动物,它们觅食的方法就是狩猎。它们多半采取埋伏的策略,等猎物靠近时,再突击而一举捕获。而赤尾鲐就是伪装成青藤绿蔓,等待粗心大意的猎物靠近。

上图　一场夏日午后的大雨,也未让赤尾鲐挪动一下,身上的雨珠在我晚上来拜访时,依然丰盈地挂着,显示了它惊人的耐性。

左图　大雨后的第三天中午,我路过来拜访赤尾鲐,雨珠已干,但姿势依然没变。为了生存,大自然食物链之间的攻防战略与战术,巧妙到超出人类所能想象的千万倍。这也是为什么愈接近、了解大自然的人,愈谦卑,也愈爱护自然,尊重生命。

右页图　对懂蛇的孩子来说,青蛇是不错的大自然朋友,我在荒野保护协会的儿童生态营里,总会以青蛇作为小朋友第一次接触的蛇类。

即使像龟壳花这样的毒蛇，攻击性也不像一般人认为的那么强。只要不踩到它，或用棍子打它，它都宁愿静静伪装成落叶，好让不经意的猎物走近。除非身陷险境，它不轻易使用毒液。

在黑夜中沉睡的青蛇，因为没有眼帘，所以即使睡着了，眼睛仍是张开的。青蛇温驯无毒，却常被无知的人当做毒蛇赤尾鲐而打死，实在非常冤枉。

左上图 白天机灵、行动迅捷的黑枕蓝鹟,到了夜晚失去视觉,一副呆若木鸡模样。

右上图 一只绿绣眼的亚成鸟,在灯光下显出怯生生无助的样子。

枝上停下来，也是不停地东张西望，因此极不易拍摄。今日白天里我就想捕捉它的镜头，但由于林下光线暗，它的个子小而动作又快，因此一张也没拍到。

现在它在我的灯光下，乖乖地站在小枯枝上，像标本似的，任我从前面、从后面或从旁边拍它，有几次我把镜头靠近离它只有十几厘米处，它也只是侧侧脸，现出一副疑惑的样子。

白天行动如闪电的鸟，到了晚上就任人摆布了。难怪孔夫子不射宿鸟，实在是胜之不武啊！

这只黑枕蓝鹟选择过夜的地点相当不错，一枝细而伸长的枯枝，天敌来时不是触动树枝，就是把枯枝给弄断，而它则可及时逃离。

黑枕蓝鹟主要的天敌仍然是蛇类，像赤尾鲐、过山刀、大头蛇等。

慢慢接近小溪上游了，现在我急着想去求证一件整日都在怀疑的事：我要去看一株盛开的球兰。

球兰是一种萝摩科藤本植物，有毒，但也是补气血、益乳汁、清热解毒、养肌退癀的药草。在台湾省低海拔地区颇为常见，常攀附在树干或岩石上，夏季开花。

它的花是由许多星管状小花聚集成一近球形的大花。小花为玉白色，中间红色，花的质地亮而厚，非常像塑胶制的人造花。盛开时，像极了一盏在暮色中点着的小灯笼。

可是这么硕大、亮丽、引人注目的花朵，整个早上却不见一只蝴蝶、蜜蜂甚至苍蝇飞来采蜜。我很怀疑球兰的花是为夜行生物而开放的，今晚溯溪之旅的主要目的之一，也是为了印证一下我的想法。

在探照灯下我终于找到那盛开的藤花。果然，花上停满了许多飞蛾，正挤来挤去地抢吸花蜜。

多么特别的花啊！众花皆阖我独开，这种巧妙的搭配是上苍有意的安排，还是生物本身智慧的选择？到底是球兰为夜蛾而选择在夜间盛开，还是飞蛾为了球兰的盛开而在晚上出来？或者都只是凑巧？

其实大自然处处存在着不可思议的现象，只是人类一直沉溺在追求物欲的满足上，使得人对物质的表象还停留在一知半解的阶段，更遑论心灵深处真理的了解。

地球上有多少生物，在还没被人类发现以前就因为人类破坏大自然而灭绝了，它们之中也许就有人类一直在找寻的许多答案，或是揭开某种秘密的钥匙。

我向球兰致以崇敬感谢的目光，感谢它让我分享了夜花的飨宴，然后继续往上游而去，而把我的许多疑问还给球兰，留给身后漫漫的夜色。

我加快了脚步往上游走去，要去看看一位白天刚认识的新朋友。虽然它对我不表欢迎，甚至不怎么友善，但现在它一定会被我的诚意所感动，至少我将是它一生中，唯一在深夜来造访却又对它没有恶意的朋友。

我终于来到溪水大转弯的地方，在这里有一片灌木，中间横卧着散散乱乱的大石头。白天走到这里正想穿过一丛灌木时，突然石头上冒出一个怪可怕的头，从脖子到胸前是一片白底黑斑，好像围了一条大领巾。

我原本以为是条小眼镜蛇，但仔细一瞧，发现是只雄的攀木蜥蜴，它正展示着威武雄壮的体魄，这样它可以不战而屈人之兵地把敌人吓走。那敌人当然指的是我。

我赶紧如它所愿地退到灌木后，到底蛟龙不斗地头蛇，何况我又忘了敲门！

我退开之后，它就开始跳伏地挺胸这种凯旋舞，庆祝敌人被打败了。

上图 蚰蜒属于节肢动物中的多足纲,是蜈蚣的近亲,亦具有毒液,但毒性不强。常于夜间出来捕食其他昆虫,偶尔也出现在房子里,并捕食蟑螂。

右页大图 在幽深的林中,球兰的花朵亮丽出色,照说应能吸引很多的蝴蝶、蜜蜂前来,但在白天里竟无"虫"闻问,可见必有玄机。

右页小图 探照灯下,球兰花台上,宾客熙来攘往,用"座无虚席"来形容这仲夏里的夜宴,相当贴切而传神。

最后我只好退到它的领土外吃午饭,我发现那灌木就是它的国境线,只要灌木一摇动,它立刻从王座上站起,并展示那驱敌的白底黑斑国旗。

正当我享用着野餐,突然它又威风地站起来。我心想我又没惹你,何苦这样神经过敏。不过这次有点不同的是,它的国旗是向另一旁展开,而不是直对着我。

我朝它的国旗所指方向看去,就在前下方的石块上,有另一只攀木蜥蜴在那里东张西望,一步一步地慢慢前进。

这只攀木蜥蜴似乎蛮中意这里的风水,它那可以分朝不同方向观看的眼睛,骨碌碌地转着。的确这是一个好地方,近水,有灌木丛、高草、石块,天空有大树伸过来的树枝掩映,斜射的阳光又能满足爱做日光浴的攀木蜥蜴……

突然大石上一片阴影飞身而下,直朝这个旅行家头上扑来。它迅速往草丛中逃窜,但那山大王并不就此饶过,直追杀入草丛中,只听一阵吱吱声叫,高草摇曳。不久,那位山大王又出现在石头上,随即跳起那著名的凯旋舞,敌人又被赶离边界了。

后来,我为了拍它的伟大肖像,只好无视它几度举旗警告。当我视若无睹地继续靠近时,它却忽然转身,跳入高草里,溜了!

我不得已退出了它的领土,并耐心地等了半个多小时,等这位蜥蜴族中发誓要回来的麦克阿瑟将军,重新再回到石块上。

最后我发现它对我低姿势的缓慢靠近并不十分介意。就这样,终于拍到它威风八面、不可一世的英姿。

不过我发现了另一个秘密:它真的非常官僚,要跟它商量任何事,即使是芝麻小事,也得把姿势压得低低的……

现在我在黑夜里回来,想看看这位喜欢别人低声下气的大官,夜里是不是换上了另一种面孔或身段。

我在那方圆不过几平方米的领土里找了许久,终于看见它——在一片羊齿叶的尖端,紧抱着叶片,睡着了。

我的灯光将它惊醒,它怯生生地转动着那又小又圆的眼睛。想起它白天的威风、官僚,以及现在小人长戚戚的样子,实在令人忍俊不禁。

也的确,要不是这样能屈能伸、小心翼翼,它也长不到这么大。它的天敌有鸟、有蛇,白天的、晚上的,随时都可能来捕食它。白天,它有一双好眼睛,可以早早逃开;但夜晚,它的视觉完全失去功能,只好找一个比较利于逃生的地方过夜。

叶尖大概是不错的地方,只要叶片有不寻常的震动或摇动,就表示敌人来了,它可以立刻往下跳入草丛中躲避。

当然,叶尖也不是绝对安全的地方,因为有种身体极为细长的大头蛇,常常可从邻株枝上探过身子来捕食,而不会触动任何警报。

最后,我向山大王致歉并道晚安,结束了今晚的夜游。

在归途上,我得到一个感想:黑夜与白天是一样的重要。黑夜有黑夜活动的生物,白昼有白昼活动的生物,日夜虽有时长、有时短,大自然总是各依其时,各安其分,唯有人类打破了这个分际。自从电灯发明之后,人类就过起昼长夜短的生活,甚至有人过起日夜颠倒的日子,不知是祸是福。为了让晚上大放光明,就要建更多的电厂,就得承受更多的污染及冒更多的危险……

黑泽明在《梦》那部电影中,曾借水车村那位百岁人瑞之口说:"晚上太亮,就看不见天上的星星!"

是的,我们早已失去了星星。如果我们不彻底反省,不加紧保护大自然,我想我们终将不只失去星星,也要失去蓝天,更可能失去健康!

左页图 雄攀木蜥蜴占据数坪大的土地，自封为王，并常站在高处守望它的领土，很像人类中占山为王的山大王，所以我常以"山大王"来称呼它。

上图 在树林中，雄攀木蜥蜴则占树为王，但它的威风仍是十足的大王本色。

夏夜小溪 /45

左图 白天威风八面的大王，到了夜里变成一副无助的可怜样，我觉得可以用《论语》上的两句话来形容它——白天，"君子坦荡荡"；晚上，"小人长戚戚"！

上图 躲藏在枝丫间沉睡的大王，很难让人联想它白天不可一世的模样。

左页图 野溪是大自然风景中最活生生的主角,潺潺水声,和着虫鸣、蛙叫、鸟啼,构成一首永恒的乐章。

上图 在"地方建设"的口号下,美丽的溪流遭到工程强暴,变成丑陋不堪、生态死亡的排水沟。在台湾,赚钱时,我们毒害了大自然,花钱时,竟又再次残害大自然……

上图 为了使晚上像白天一样亮,我们就要建很多的发电厂,更要冒很多的危险,并承受可怕的污染。

下图 晚上太亮了,我们就看不见满天的星斗,孩子们也得不到来自浩瀚天体的启示。想象力得不到滋润,创造力也会日益衰竭,为了让晚上变亮,我们人类损失太多了……

垦丁仲夏夜

疏林 / 雨后 / 季风林 / 社顶公园

炎炎的仲夏骄阳终于西落了,
绚烂的云彩染红黄昏的天空,
像大火熄灭后的余光剩焰,
正作最后的回火燃烧,
然后逐渐转为满天的红烬与紫灰。

炎炎的仲夏骄阳终于西落了，绚烂的云彩染红黄昏的天空，像大火熄灭后的余火剩焰，正作最后的回火燃烧，然后逐渐转为满天的红烬与紫灰。

那座建于一八八二年的垦丁灯塔，也开始以每隔十秒闪射一次的速度扫过四周。它仿佛是恒春半岛上夜行性动物的起床信号，一百多年来，总是准时在午后七点开始射出光束。

晚风启动了，逐渐把白天凝聚的沉热吹离陆地，垦丁仲夏季一天当中，最怡人的一段时光来临了。自一九八四年起，我曾有许多夏季停留在垦丁"国家公园"里从事自然观察的经验，并记录了一些精彩的仲夏夜经历，与那些关怀台湾、喜爱大自然的朋友们分享。

满天的红霞染红了垦丁的风景。壮丽的景致能孕育出心胸宽大、诗样情怀的子民,仅仅这个理由,我们就要好好爱护这片大地。任何人、任何一代都没有权力利用"经济开发"或其他借口,破坏世代子孙共同享有的自然风景……

疏　林

在牛角溪与垦丁"国家公园"管理处之间,有一片疏林。这里原本是一片旱地,自一九八二年起,农人就不再耕作,将它交还给大自然。于是,野草、灌丛开始滋生,一些先驱树种,像木麻黄、银合欢、相思树、血桐、海檬、红柴等,也疏疏落落地散生其间,形成了一片野花野草、灌木丛、小乔木丛生的疏林。

这片疏林很少有人来打扰,是一片充满热带野性的地方,有许多被人们视为具有危险性的动物栖息其中,像毒蛇与胡蜂,尤其是前者,似乎特别多。

距离这片疏林最近的人家,就是"国家公园"管理处处长的宿舍与贵宾房,因此在仲夏夜里,常有蛇类——无毒的、有毒的,顺道至宿舍来觅食,或敦亲睦邻,我则戏称这些全是走后门的家伙。

施孟雄处长生前住在这里时,经常在院子、门廊处与长虫狭路相逢,它们甚至登堂入室去拜访。

施处长遂在院子里养了两只大白鹅当警卫,而他自己出入则随时携着打蛇棍。因此,在宣导保护野生动物的同时,又不得不将出现在管理处的蛇打死,变成管理处一种颇为尴尬的场面。我笑施处长的蛇类管理方法是:"打死后送到山上去放生。"

后来管理处的解说教育课请我去为员工上一堂"认识蛇类"的课,一方面让员工了解蛇的习性,不致一见到蛇就惊惶失措;另一方面也免于不分青红皂白就打死蛇,或者至少可以活捉送到山上放生。

其实,同样多蛇的情形,也发生于凯撒饭店的庭院花园。饭店曾向我咨询,但他们听说防蛇设施须花银两来建设,就不吭气

上图 衬着盛夏黄昏的大云山。夏日的黄昏显得特别长,而垦丁灯塔的灯光也几乎让人遗忘了……

下图 夜幕渐起,从垦丁社顶的珊瑚礁隆起丘顶,望向鹅銮鼻,灯塔的灯光遥遥闪烁在暮色苍茫的大地上,仿佛是一线指引、一点希望,散发着温馨与安慰……让我们知道,没有一个人是会被放弃的。

恒春半岛夏日的云彩,绚烂瑰丽,甚至有些诡异,而又变化多端。尤其是夕阳西下之际,大地以彩霞来展现大自然的缤纷色彩。

虽然灯塔的灯光已开始闪动,但我们仍可以从塔身上反射的夕阳红光知道,落日尚未沉沦到海平面下。

上图 胡蜂是最危险的昆虫，除了尾上的毒针令人难以消受，成群的攻击更叫人害怕。所幸只有在蜂巢受到骚扰或破坏时，它们的攻击性才会被激起。

右页图 雨伞节具有神经毒液，被它咬到，并不觉得疼痛，但会导致心肺衰竭而死。它很毒，但它的头却是小而椭圆。由此可知，并不是毒蛇都是大三角头。雨伞节多昼伏夜出，亦经常捕食其他的蛇。

了。也许要等到有住店的贵客被蛇咬伤,他们才会认真考虑此事,而在此之前,两造——客人与蛇,都要自求多福了。

一九九二年的一个仲夏初晚,我与施处长在他宿舍前聊天,突然瞥见一条雨伞节从侧面游近。我知道它若被施处长发现,必会被乱棍加身。所以,立刻把话题扯到星座上,让施处长抬头望天,同时我以脚重重地跺地,好像在赶蚊子般,这样那条雨伞节就会因地面震动,而晓得前方正有两头"巨兽"。

雨伞节果然收到了讯息,敏感地掉头朝疏林方向离去。

仲夏夜里,我总会前往疏林里作野外观察与拍照,遇见的蛇族有龟壳花、眼镜蛇、雨伞节、赤尾鲐、过山刀、臭青公、大头蛇、茶斑蛇以及青蛇。

其实,我到疏林里去并非为了蛇类,而是因为那里有许多可爱的野生动物。我喜欢疏林的夜晚,有一种荒野的感觉。白天,此处是野鸟最喜欢活动的场所,常见的有台湾画眉、树鹊、小弯嘴画眉、乌头翁、珠颈斑鸠、红鸠等,番鹃与灰头鹪莺也偶尔光临此处。

白天艳阳高照,疏林十分燥热炙人,除非特地为了拍鸟我才会来到此地。可到了夜晚则全然不同,进入疏林变成一种野趣横生的享受,可以循声找到枝叶上的螽斯、骚斯、在地面洞口擦翅鸣唱的黑蟋蟀、台湾大蟋蟀,或者发现正在蜕壳的蝉、人面蜘蛛,以及忙着啃食草叶的青色或褐色竹节虫。

如果下午下过一场雷雨,那么夜里就更加热闹了。各种蜗牛在地上、草上、树干上漫游,寄居蟹四处爬行,台湾大蟋蟀则忙着清理下午被雷雨冲来的泥沙所堵塞的洞穴。大蜈蚣也在腐木、树皮间出没爬行。

有一次,我看见蜈蚣大有斩获,不但把一只螽斯的身子吃得精光,最后还抱着吃剩的一条后肢在那里像啃炸鸡腿一般。还有一次,我拍到一条大蜈蚣竟然捕食另一条大蜈蚣,那情景真让我觉得恶心。

在树丛中,我总会找到乌头翁在那里把头埋在翅膀下熟睡。这些白天警觉性甚高的飞鸟,一到了夜晚就变得相当无助,即使我靠近它已到间不容发的距离,它犹兀自酣睡。

最让我惊喜的一次是与台湾野生哺乳动物的相遇。那时我正静静地坐在红柴树下,倾听着野地的交响乐,突然我看见离我十几米外的一丛白茅,在月夜下无风却轻轻摇晃了几下。我以为是猫儿来这里打野食。

过了一会儿,旁边的另一丛草也摇动了几下。我打开手电筒照过去,发现竟是一只土黄灰色的台湾野兔正在嚼食草茎,两片大耳朵像雷达一般转来转去。

它突然转头凝视我几秒钟,然后纵身跃入高草中,无声无息地消失在月夜的草丛里。

野兔走了许久之后,我仍然沉浸在与另一种野性生命相遇的惊喜里。即使在数几年后的今天,一想起那夜的相逢情景,我的心跳仍会加速,一股喜悦又会升了上来……

左页图 树鹊是台湾常见的低海拔森林鸟类,属于鸦科,所以鸣声不怎么优美,甚至有些粗粝。以浆果为主食,习惯成群活动。

上图 珠颈斑鸠是低海拔至平野地区易见的鸟儿,即使在台北市也常可瞥见。它会挖食播下的豆种,过去被农人视为害鸟,但鸣声悦耳,也常被饲养。美洲的印第安查拉矶族人认为,听到斑鸠鸣唱,表示远方有人正想念着你……

右图 小弯嘴画眉是低海拔林野的留鸟,声音优美并富于变化,常成群活动于林下或灌木丛中,多数时候是闻其鸣声却不见其影。

上图　螽斯是夏夜主要的鸣虫之一，因为有这些可爱的鸣虫，黑夜才显得热闹缤纷，生意盎然。

右页上图　寄居蟹是借别种螺的空壳为壳，所以当身体长大时就要另换大壳。当其长得很大时，常不易找到适当的海螺壳，而非洲大蜗牛的空壳，就成为其最佳的选择。所以在海岸上看见非洲大蜗牛壳，里头竟然是寄居蟹时，你也不用太惊奇。

右页下图　寄居蟹在海边出生，长大后会往内陆活动，但通常不会离海岸太远，我见过最远的离海大约两公里，它们一般以腐熟的植物叶片或果实为食。

左页上图　蜈蚣属多足纲,是昆虫的近亲,但不是昆虫,肉食性,以捕食其他小动物维生。图中的蜈蚣嚼食了一只螽斯,最后只剩大腿……

左页下图　台湾大蟋蟀是一种极善于挖洞栖食的昆虫,台湾人称它为"土猴"。过去孩子们常从洞口灌水将它逼出而捕捉,称为"灌土猴"。但现在台湾大蟋蟀因环境污染而急遽减少,变成一种稀有昆虫,从它身上我们可以窥见台湾污染有多严重。

上图　一只乌头翁藏身海檬果枝叶间过夜,此刻它正把头埋在翼下呼呼大睡。

班卡拉蜗牛是一种热带型蜗牛,主要分布在恒春半岛,蜗壳上的螺纹为左旋,这是非常少见的。蜗牛多为雌雄同体,却须异体授精,所以每一只蜗牛都会产卵。在恶劣环境下,例如太冷、太干,它们会封起口盖休眠,以渡过难关。

一只台湾野兔静静地蹲坐在草间,由于它有非常好的保护色,不易被发觉。过去台湾野兔充斥在台湾平野地区,后来因为捕猎、栖地的破坏及农药的滥用,它几乎濒临绝种,近年因为农药减少使用,有增加的趋势。

雨　后

　　每年暑假开始时，垦丁"国家公园"都会举办暑期"国家公园"解说员训练，总会安排一天的课程让我带领这一群热爱大自然、关心本土的大学生，作一整天的自然观察与体验，而夜间的活动则是重头戏，也是最高潮的时刻。这半个夜晚的野外观察与体验，往往在他们年轻的心灵上，烙下深刻又感动的记忆。

　　一九九四年仲夏的夜间活动，正好撞上道格台风来袭而顺延了一天。第二天，天气看来似乎渐渐地好转，但到了夕阳西下时，突然又下了一场黄昏大雨，也使得这一天的夜晚提早降临。

　　这似乎是一场对学生决心的考验，我问学生是要冒雨进行，还是要回到温暖的床上？

　　出乎意料的是，他们一致决定冒雨进行，前几届学长们留下的口碑，正诱惑着他们年轻热情的赤子之心。

　　出发不到一刻钟，雨势乍然止息，学生们爆出了热烈的掌声。不知是为雨停，还是为他们自己的选择而鼓掌。我则许诺一个将比往年更精彩丰富的自然体验，这往往是大自然对有诚意亲近自然，以及愿以平等相待自然生命的人最大的回报。

　　在夜色逐渐变为墨黑中，台湾骚蝉一阵阵有如狂潮般嘶鸣着。爱读武侠小说的人用"魔音穿脑"来形容它的鸣声，实在非常传神。

　　震耳的蝉声正好为仲夏的白昼画下一个庄严的句点，使仲夏夜有一个不平凡的开始。

　　蝉声歇止后，小雨蛙及泽蛙的鸣声浮现出来。

　　同学们持着手电筒，鱼贯跟在我身后，从社顶底下的步道自北往南行去。许多动物——在手电筒的光束中呈现——正蜕皮的

72/ 仲夏夜探秘

差不多十年的时间,每年仲夏,我都会为垦丁"国家公园"暑期解说员训练上几堂课,令他们永远难忘的是仲夏夜的夜间自然观察与体验。后来在我成立荒野保护协会时,这些解说员很多都前来协助,并成为协会的重要干部。可惜在一九九七年承办此事的主持人换人后,因他个人的因素,昔日的老师们都不再续任,情况也就江河日下……

蚕斯，忙着补网的蜘蛛，羽化中的薄翅蝉、骚蝉，酣睡中的攀蜥、青斑蝶……这些生物都吸引着大伙儿的注意力，引起默默的观察欣赏，直到光束中出现了一对交尾中的青斑蝶。

这可激起了同学们的青春幻想，羡慕之声在黑夜里此起彼落，他们哪里知道美好之后所隐藏的代价呢？多少雄蜘蛛、雄螳螂在交尾后成为配偶的充饥品；多少公猴、雄狮、海象，为了争夺交配权而重伤，甚至丧命。人类史上也不乏倾城倾国的教训，妲己、西施、杨贵妃个个不都耳熟能详？特洛伊城也是毁灭在一对恋人手里，吴三桂更是冲冠一怒为红颜而打开山海关，可是最后他还是遗弃了这位红颜！

一位著名的画家曾对他年轻的儿子说："儿子啊，老爸这辈子没有什么可以留给你，但我得到了一个宝贵的经验传给你！儿子啊，你最好不要结婚！"

可是他儿子最后却选择了婚姻，他又说了："儿子啊，老爸的第一个经验你没有实行，现在告诉你第二个经验吧！儿子啊，你千万不要生小孩！"

可能吗？就像注目着青斑蝶交尾的年轻人的心，正被荷尔蒙驱策着往最罗曼蒂克的方向幻想，浪漫使人类有唱不尽的情歌，写不完的爱情故事……

离青斑蝶不远的地方，我发现一只黑枕蓝鹟孤零零地立在一根枯枝的顶端，把头埋入翼窝深睡，直到众多的相机闪光灯把它吵醒，它才扬起头，睁着有点迷糊，又有点不安的眼睛，看着四处照来的一束束灯光。

我请同学们关了灯，只留一束柔光，让大家去感觉它的无助与处境。

对大多数昼行性动物来说，夜晚最难挨，因为危机四伏，却又看不见。所以它必须找一个比较安全，或者危机降临时有所预警的地方过夜。以这只黑枕蓝鹟所挑选的地方来看，就十分巧妙：那根枯枝离地至少有二米半，只要像大头蛇、赤尾鲐等天敌循枝爬上来，枝子就会摇动，它就可以立刻飞逃。

此外，它站立的周围，一米内也没有其他树枝伸展靠近，因此也不怕大头蛇倚仗它长细如绳的身子，借着邻枝探身过来攻击。

灯束中出现第一条蛇时，同学们的情绪开始高涨。那是一条盘在枯枝顶上的青蛇，正酣然睡梦中。它那没有眼帘垂盖的眼睛，受到强光的照射，一下子就醒了过来。但它并不轻易蠕动，只吐吐舌信，侦察一下，到底发生了什么事。

没有毒、又不凶的青蛇，现在所处的情况颇似黑枕蓝鹟。青蛇的敌人也不少，所以青蛇选择过夜的地方也颇近似。

赤尾鲐出现时，有些同学觉得刺激，有些则感到害怕。那有点邪恶的三角头，即使以我这出入大自然多年的老手看来，多少还是令人心生厌怯。但，为了让同学们明白毒牙的状况，我仍是硬着头皮把赤尾鲐抓起来，临时扮演了一下蛇的牙医。

数一数今晚会遇见几条蛇，也成为我们的野外乐趣之一。

来到我最熟悉的小草原下，水牛打滚形成的泥塘，现正因台风带来丰沛的雨水，变成了水塘。在里头我们发现了像大肚鱼般的黑蒙西氏小雨蛙蝌蚪，以及个子颇大的虎皮蛙蝌蚪。在岸边有几只刚掉了尾巴的小虎皮蛙，臀部上还残留着一点尾巴的痕迹。

走入小草原时，同学们各自分开去找蛙类，有的找到泽蛙，有的找到虎皮蛙，有的找到小雨蛙，兴奋的笑声、叫声在黑夜里成为另一种野兽的嗥叫。

来到草原顶上，那片由长穗木、草决明所形成的草圃中，在突起的草枝花茎上，几乎都有昆虫占据，用"座无虚席"来形容，一点也不过分。它们分别是蜻蜓、竹节虫、负蝗、稻蝗、台湾大蝗、螽斯、骚斯、螳螂、数种毛虫、斑卡拉蜗牛、椿象、夜蛾、黄蝶，以及一只闪闪飞落而引起大家一片赞叹的萤火虫。

小草原南缘有一大丛林投，扶疏的叶片上，分据了不少台湾大蝗的若虫。今晚一路上，是我见到最多台湾大蝗的一次，且都是若虫。但在这片林投叶上，我们也发现了一只正在羽化的成虫，它立刻成了众相机拍摄的主角。

此时，我的手电筒远远地照见一只蛾在树间翻飞，从身材及飞行的样子，我断定它是魔目夜蛾。但有位同学以怀疑的口吻问我："如何证明？"

于是，我在众目睽睽下，施展了神奇的"招蜂引蝶"功夫，用灯光把它唤了过来，最后让它停在那位同学的膝盖上，任大家拍照存证。

同学们的喝彩并没有让我感到得意，这只是多年来与大自然相处而来的相知罢了！

野生动物的名字与数量不断地在我们的记录上增加——九条蛇，以及四十五种野生动物的名字。现在我们已经活动了四个半小时，正需要一个小小的高潮来圆满今晚的自然观察与体验。

当然，大自然的一切是可遇不可求，但你愈常亲近它，你的奇遇就愈多。今夜，大自然似乎很欣赏这群兴致高昂的年轻人，所以，特地用难得一见的自然奇景来奖赏他们。

当我们进入绿竹夹径的绿色小隧道时，十几盏像磷火般的微光，出现在我们头顶上方。这是一种会发光的野蕈，我这辈子只在婆罗洲雨林看过一次，在台湾我还是初次见着这种荧光蕈。

右图 两只青斑蝶在黑夜中交尾,为同学们带来无限的遐想。把大自然生物分为两性,又让两性因为寂寞而寻求结合,衍生出爱恨情仇,实在是一种非常吊诡的人间设计,很少有人能看出这设计的本意,并从"人世经历"的课程中学习到"大爱"的真谛。

下图 食物链是大自然最巧妙的设计,几乎所有的生物都在"吃"与"被吃"间上演着求生存的游戏。一个善于自然观察与自然体验的人,可以从环环相扣、相生相克的食物链中多少体会出生命的意义……白天捕食昆虫的黑枕蓝鹟,到了黑夜又成了被捕食的对象。在黑夜中,黑枕蓝鹟也被迫去体会那些白天被它捕食的昆虫的"心"。

右页图 青蛇是昼行性的无毒蛇,通常以蚯蚓为食,因此白天它都在靠近地面的灌丛、草丛觅食,一发现滑出地面的蚯蚓,即由上方向下捕食。但到了夜里,它又成为许多夜行猎食动物的捕食对象,为了避开地面众多的敌人,它便爬上枝头来过夜。

赤尾鲐有很好的保护色,当它埋伏在草叶间觅食时,非常难以察觉。一不小心踩到它,它会认为被攻击而反击咬人,但是用枝棍来"打草惊蛇",它大都会立刻溜走。

一只刚脱去尾巴的虎皮蛙停在泥沼边。它还不敢远离泥沼去觅食,因为一旦遇上敌人,它的弹跳及体力都可能无法摆脱敌人,但在泥沼边,一旦有动静,它只要跳入水中就安全了。

左页图 螽斯若虫趁着夜色,在长穗木的花穗上觅食。很多昆虫利用夜色掩护自己,而且夜晚的敌人要比白天少,例如,爱吃虫的鸟,在夜晚就少得很。

上图 群飞黄蜓的飞翔能力极佳,几乎可以整天飞行,并且大多是以群飞的方式出现,数量总是成千上万。但到了薄暮,它们个个纷纷挂在草枝间,静静睡眠。

上图 出现在草原的小虎皮蛙。虎皮蛙是台湾蛙类中最大型者,昔日是人们喜爱捕食的野味,其肉白嫩有如鸡肉,故又名"田鸡"、"水鸡",但近一二十年,因农药的滥用,它差一点儿绝种。

左图 光头负蝗的眼睛长在头的尖端,看起来真的怪模怪样。它可以短距离飞行,也能利用大腿弹跳,同时具有不错的保护色。

右页图 台湾大蝗的若虫正在林投叶上啃食。台湾大蝗是少数几种能啃得动林投厚硬叶片的昆虫。

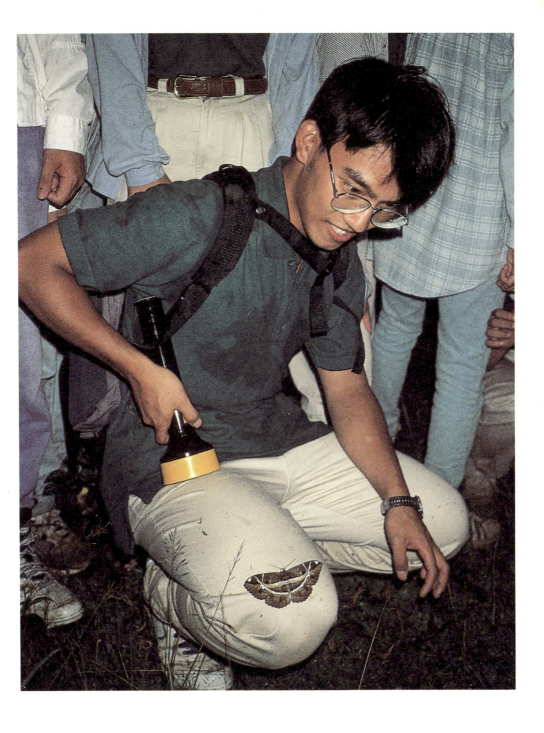

左页图 薄翅蝉是一种中型蝉,翅膀透明,体色有翠绿或橙褐两种,多出现在低海拔树林或灌丛里。

上图 大多数的蛾都有趋光性,我们在乡下或山上的路灯下,常可见到许多蛾在灯前飞舞,这就是著名的"飞蛾扑火"。利用灯光,我把魔目夜蛾引到同学的膝盖上,让大家欣赏。

一只色彩斑斓的夜蛾，在黑夜中停在过山香成熟的果实上，吸食果汁。

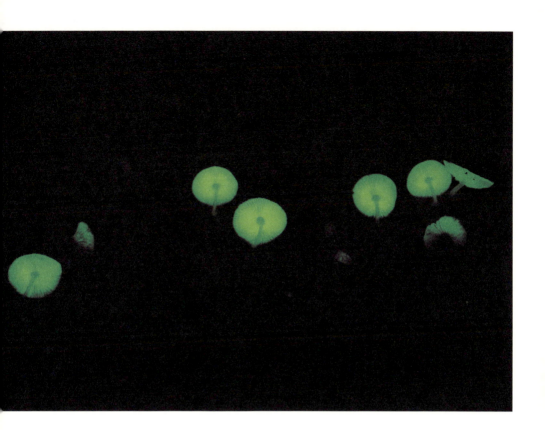

左页图 正在羽化的台湾大蝗。等它羽化后,它会回头把旧壳吃掉。大部分的昆虫都利用夜色的掩护来进行羽化,因为羽化是昆虫最脆弱的一刻,更无力逃跑。

上图 荧光蕈,是一种能发荧光的蕈类。它的菌丝亦会发光,菌伞则更亮,通常出现在夏日雨后的夜晚,幽幽荧光小伞在黑夜中吸引了众人的目光,更展现了大自然的神奇,令人赞叹。

它们在黑夜中泛着荧光，是如此出色、幽美与神奇。我们仰头静静地欣赏，大气也不敢吐，深怕吐一口气，这梦境般的美就被吹走了。

别过了荧光蕈，今夜之行可以用一句"满载而归"来结束。把同学们送回去，我又回头重溯今夜走过的小路，许多生物仍在那里等我去拍照。有些生物一旦错过，真的不知何时才能再相遇，就像那群荧光蕈一样，也许一辈子就这么一次邂逅！

我常在大自然里遇见一些"总想捞些什么回家"的人，几条小鱼、几只溪虾、挖几株盆栽、几丛永远派不上用场的药草、折几束野花甚至捡几颗石子……我常想，那些深入自然却没有学得"欣赏而不思占有"的人，是何等的没有智慧与顽固啊！他们往往捡了一大袋石头，不只压驼了背与人格，也把自己变成了大自然的小扒手……

在大自然中，我学到了珍惜与感恩，但我也不执著。我知道，只有保持一颗了了分明的心，才能直视世间一切的缘起缘灭而不执著！

季风林

在垦丁森林游乐区的东方，有一大片热带季风林，我曾有两年时间在这里拍摄一群野生台湾猕猴家族的生活，也曾在这片季风林里度过许多难忘的仲夏夜晚。

记得有一个闷热的下午，我追踪那群猕猴朝北而去，结果在茂密的林中追丢了，却被晚来的西北雨困在石洞里。

等到雨停时，天色已昏黄，林中一片漆黑。不幸，我平时携带的救生腰包，因为临时发现猕猴群北往，匆匆追去，竟不及抓在手里，那里头有小手电筒、打火机、毒蛇急救器、万用刀……

我知道，想从这种地形复杂、森林茂密的地方，摸黑回到营地是不太可能的，这里正是那种白天都会让人迷路的地方。

我作了最坏的打算——找一个适当的地方过夜。

我在岩洞外一个向内倾斜的崖岩下，找到一个可以斜靠半躺的大石块，心平气和地躺下来。我想最多饿一餐吧！反正这里的野生动物我大多熟悉，只需特别小心毒蛇和蜈蚣。前者我较熟悉它们的习性，我不怕，倒是蜈蚣让我有些顾忌，因为它似乎没有什么头脑，所以很难预测它们的活动。

此时，森林中漆黑得有如墨汁凝结，仿佛仙草冻那样，可以一块块切割下来。我完全只能靠听觉来感受周遭的一切。暂时失去视觉的滋味可真不好受，耳聪目明的人真该常常心存感激！

森林的仲夏初晚一点也不寂静，骚蝉有韵律的嘶鸣，在我这时的处境听来真有些悲凉与嘲弄。

蝉声歇后，蟋蟀声四处幽幽响起，纺织娘在树梢上吵了开来，领角鸮遥遥鸣叫，蝙蝠就在我头上扑翅飞来飞去。

想起前几天的一个早上，垦丁"国家公园"管理处的路嘉煌先生到营地来探视我，当时他已觉得我的生活与工作实在太辛苦了。改以此时的境况，想必他会用"悲惨"来形容我吧！

饥肠辘辘，身体也有些疲倦，但紧绷着的情绪却继续消耗我的精力。最后我用数息的方式，强迫自己睡着。至少，梦里还有吃一顿晚餐的机会。

沉睡中，突然被一声尖叫惊醒，后来发觉那是一只小野猪的尖叫。大概是母野猪带着一窝小猪出来觅食，那只小猪恐怕是被踩到了吧！

看看表，已晚上十点多，虫声不知何时停歇了。但意外的，森林里比初晚时明亮许多。原来下弦月已升起，月光从上次被台风吹断的枝干隙缝中泻了进来，使森林呈现一种斑驳迷离、如梦似幻的陌生景象。

因为有了点光，再加上"饿"向胆边生，我决定试着依靠本能、直觉以及经验，走回营地去。反正月亮的位置已告诉我方向，只要朝南走去，就有机会走到我熟悉的林区，这样就可以回到营地了。

我走得极慢，踩的步子也极重，好让那些夜"游"的野生动物早早察觉我这大型动物的行进方向，并及时游开，以免彼此伤了和气。

我缓慢地前进着，却发现自己被隆起的珊瑚礁逼向西南而去，几度想朝南却受制于地形以及难以穿越的密林灌丛。

大约走了一个多小时，我猜最多也不过行了一公里吧，突然发现前方隐约有些火光！我兴奋得脚步也逐渐快了起来。

但，心中忽然直觉这情形不太对，这火光有些离奇——在这么偏僻的森林里，不可能有外人来此，除非误打误闯、迷路逃入森林的犯人。而本地人也不会在森林过夜。

我利用夜色掩护，慢慢地靠近那堆篝火，我看见五个军人远远围着火堆，或坐或靠。

"你们是什么人？"我藏身在岩石后面，朝相反的方向发声，让他们无法分辨我发音的位置。

果然，立刻有五束强光向四周照来照去，显然他们连我的方向也分辨不出。

"我们是演习的军人，迷路了！请你带我们出去好吗？"有一个人大声地回答，可以听出他的声音很兴奋也很殷切。

我听他讲话的口音有点怪，好像是华侨，这使我怀疑他们的真实身份。

"你们是什么部队的？"我又问。

"是新加坡的！"他又大声回答。原来是星光部队的菜鸟，他们是来台湾受训的。

"好啦！你们现在都被俘了！"我说着就举着望远镜头走出来。他们看到我额头上绑着布条，穿着迷彩裤，手拿火箭筒般的长镜头，还真的差一点把手举起来。

彼此弄清楚之后，他们用恳求的语气，请我带他们走出森林，如果明早八点他们无法抵达会合地点，他们的休假就会泡汤了。

当我说，我也是迷路的，他们几乎同时倒下去。

因为有手电筒，以及他们手上非常详细的军用地图，只费了两个多小时，我就把他们送到森林游乐区的停车场。

我们彼此解救了对方。

我在季风林中度过的仲夏夜，最受感动的一次是中元节的晚上。那天森林非常湿热燠闷，黄昏后，我仍流连在拍摄猕猴的珊瑚礁岩丘上，这里地势高出森林顶层，还有微风流动。

上图 恒春半岛中央珊瑚礁隆起台地上,覆盖着浓密的热带季风林,有好几群台湾猕猴栖息其间。我有两年的时间,在这森林中拍摄一群猕猴的生态,以及季风林里的各种动植物。

右页图 在这珊瑚礁隆起的台地上,裂罅、峡谷、小丘遍布,地形破碎又复杂,再加上林木茂密、藤蔓横生,是一个非常容易迷路的地方。即使在大白天里,也经常把人弄得团团转。

左页上图 蜈蚣有一对大颚,不但咬来深而有力,还会分泌毒液,被咬时不但疼如针刺,接着还会肿胀。

左页下图 蜈蚣是一种肉食性动物,只要它抓得到的都吃。图中这只蜈蚣正在咬食同类,看来令人毛骨悚然。

上图 龟壳花是此地常见的长虫,大多时间都是懒洋洋地在珊瑚礁上或岩洞里睡大觉。我比较怕的是在森林底下装成落叶堆等待猎物上门的龟壳花,因为很容易踩到它。那时,我连要说声道歉都嫌来不及。

下图 台湾骚斯一旦鸣叫起来，简直就像一家忙碌的工厂，如果同时两三只在附近一起鸣叫，那就可以用"加工出口区"来形容它们。但细听一只鸣唱，还真像老织布机正在织布，所以骚斯能博得"纺织娘"之名。

右页图 螽斯在垦丁仲夏中元节夜晚鸣唱起来，竟也带有一些不协调的声音。一位朋友就曾这么说："听起来有些凉凉、毛毛的！"

妙的是，那群猕猴似乎与我的想法一致，并没有在黄昏时回转猴洞睡觉去，而一直留在大苦楝树的顶端乘凉。

不久，中元的满月慢慢升了上来，照亮了普度孤魂野鬼的夜晚，我和那群猴子隔着一片浸满水银般月光的森林，静静地对坐着，心中被一种喜悦所充满。这是一种为大自然所接纳的喜悦，一种充实的归属感弥漫着。这种感觉在人类进入现代文明后，就逐渐失去了，但人类一直在有意无意中，想重新找回而不自知。所以很多人饲养各种宠物，想从它们身上重享这种归属感、这种喜悦，但那毕竟只是大自然的影子而已……

在这与台湾猕猴共乘凉赏月的仲夏夜里，喜悦中却有些遗憾与淡淡的寂寞。在大自然里独来独往，总难免有一些感觉寂寞与孤独的时光，尤其在下雨的晚上，无边无尽的雨声，会造成一种压迫感，这情形容易理解，但许多诗一样的时光无人分享，更让人觉得寂寞和遗憾，就像一个人独自进食满桌大餐，而有些奢侈的遗憾与浪费的罪恶感。

中元节的满月冉冉东升。或许是因为这一晚正是民间传说中普度孤魂野鬼的时候,整晚的圆月都有些诡异。

有时,猴群会端坐在珊瑚礁丘顶,那里可以吹到海风。偶尔,它们会坐到很晚才离开,它们的剪影在水银般的月光下,有一种亘古的感觉。

闷热的仲夏,太阳西下时,猕猴才从树荫中爬到大苦楝树上交际休憩。有时它们会这样悠闲、轻松地坐到月亮高升,直到银色的月光浸满森林……

社顶公园

　　社顶公园的东南角，是公园最偏远的地方，很少有游客能走到这里而不迷路。此处地形复杂，有矮林、灌丛、小草原、小沼泽、峡谷、丘陵、裂罅分布其间，也因此，蕴藏着无限生机。每年仲夏夜是它最精彩的时候，我总要在这里盘桓一两个晚上，去体验享受这份丰饶与野性。

　　我在太阳偏西时出发，先得设法钻过一片密得令人头皮发麻的林投林，它那交织的叶片上三排不同方向的锯齿般尖刺，简直比集中营，比镇暴部队的铁丝网、刺龙还难穿越。但我会循水牛走的秘径，像闯少林木人桩一般"溜"过去，然后就到了我的世外桃源。

　　这是由高耸的珊瑚礁岩壁环抱而成的小谷地，北边有一开口，但被密生的林投封死，除了水牛和我，很少有人进得来。在谷地的东向，有一道小裂隙，可容一人侧身通过，进入东面大片的矮林。

　　这小小的谷地大约只有三四百坪（坪是源于日本传统计量系统的面积单位，1坪≈3.3058平方米），因为常有水牛进来啃草，所以谷地中央形成了一片一百多坪，比高尔夫球场还要美丽的贴地草坪。

　　每次我来，一定赶在日落前抵达。先在这里进食晚餐，主食是简单的饭团，可是菜色就丰富得令国王也啧啧称羡，有黄昏天空的彩霞，薄暮的阵阵蝉声，艾纳香、月桃与过山香的芬芳，以及如水一般的凉风……

　　几乎没有人知道这个小小一方的世外花园，我也从未在这里遇见过人类，倒是每次都遇上好几头水牛在谷地觅食漫游。

社顶公园是一处充满野趣的地方,有小丘、峡谷、洞穴、草原、泥沼、灌木林、风冲林……走在此地的步道上,很有"山穷水尽疑无路,柳暗花明又一村"之感。如果不注意路标,游客很容易在这里迷路。

隐藏在林中深处的美丽小天地,也是我的秘密花园,水牛和季风将花园修剪得宛如伊甸园。在我成立荒野保护协会之后,我曾和会员们分享这片天地。在作自然观察或解说员训练时,这里也就成为我们的野外教室。

上图　水牛在台湾开发史上还真立下了汗"牛"功劳，农家以不食牛肉作为对牛的感恩。但近一二十年来，耕耘机取代了水牛，有些牛逸入山林成为野牛，有的被当成肉用的"土牛"饲养，大部分的人都忘了牛对台湾奉献过的苦劳，而原本勤劳节俭的台湾人，一下子变得奢侈、浪费、财迷心窍。为了满足口腹之欲，我们付出惨重的代价：槟榔、高山水果、高山蔬菜、高山茶……美丽之岛竟就此变成"贪婪之岛""垃圾之岛"……

右页图　黄昏的天空变化着各种梦幻般的色彩，透着一种灵异之美，最后色泽逐渐加深变浓，把上弦月，把金星衬显出来……无论是月明星稀，或是弦月如钩，还是满天星斗，垦丁的仲夏夜空，总让人仰望得脖子僵硬。

它们每次都静静地、眼睛睁得大大的凝视着我这个闯入者，而我则不敢正眼回望它们，否则会令它们惊慌而骚动起来。

等到我坐下来开始吃晚餐，它们会在离我不远的地方，一字排开，好奇地看着我。最后它们会慢慢地依序退去，消失在林投密隙里，而把整个小谷地让给我独自享用。

晚餐后，我就躺在草地上，全心全意地欣赏、享受这一段昼夜交替的美妙时光。此时正是昼行动物的黄昏，也是夜行动物的黎明。

我让自己逐渐成为这小小谷地里的一分子，像一棵生长在这里的小乔木、灌丛、一块石头、一头卧在草地上反刍的牛，我熟识所有的邻舍室友——草木、昆虫、鸟兽……

尽管云朵快速地变色，从雪白、米白、奶黄、橙黄、朱红、血红，到紫红、紫灰、紫黑……但我却深深觉得，时光在我与万物合而为一时，完全停顿了。

我知道生命总会老去、寂灭，但人只要能放下一切的成见，去体会生命更深层的意义，我想我们能神领永恒。

此时，也是我最愉悦的一刻。无忧无虑、不思不动、无他无我，大地是我的躯体，山脉是我的四肢，草木是我的发肤，河流是我的血管，山风是我的气息，花草是我的气味，虫鸣鸟叫是我的声音。

有这样美妙的经历与体验，世俗已没有什么可以吸引我，生死也不会再困扰我。在这片小小的、充满野性与神性的谷地里，有那么一刹那，我窥见了天堂，触到了永恒，体会到了涅槃。

有时心中的喜悦太充满，使我无法躺着，我会起身盘腿静坐在草地中央，让自己可以冷静地、全心全意地去观察、去感觉昼夜的交替：暮色渐苍茫，幽暗自低处浮升，金星出现了，然后渐渐地，星斗这里、那里地涌现。四周的声响也开始变化了，阵阵如潮的蝉声退去，只留下几声来自今晨刚出土的兴奋雄蝉。蟋蟀、螽斯、小雨蛙的鸣声代蝉声而起，只是声势大减。乌头翁、小弯嘴画眉、树鹊的鸣叫也歇止了，领角鸮神秘的鸣声悄悄接续下去。风转向了，吹在身上变得有些冷凉。原本带有尘土与青草味的空气，现在有了森林与海水的气味。

当黑夜完全取代了白昼，我缓缓站起，眼睛已适应这星斗满天的夜晚。我背起装备，开始了仲夏夜的漫游与拜访。

首先，我到林投丛去探访老朋友——津田氏大头竹节虫。这是一种非常稀有的昆虫，在台湾地区只分布于恒春半岛几处范围极窄的特定地带，对于它在野外的生态习性，就连昆虫学家也所知不多。

我在一九九〇至一九九一年间，常在夜晚去拍摄它的生老病死，成为它们的老朋友，算算至少有一百多个夜晚与它们厮混在一起。

很快的，我在林投叶的尾端，找到这身长几达二十厘米的"长"虫，它正在大口大口地吃它的"早"餐。

大头竹节虫最让昆虫学家好奇的是"不婚生子"，也就是所谓的孤雌生殖。我们在野外是找不到雄虫的，因此所见的都是雌虫。

它的肩部两侧各有一个喷射孔，当敌人靠近时，它会朝敌人喷洒一种乳白色有刺激性的费洛蒙液体来臭走敌人。

白天里，这些大头竹节虫都躲在林投叶基部叶缝里，并借着林投叶的尖刺来防止天敌接近。现在它们在夜色掩护下，一一出来大吃大喝了。

它们一年一个世代，从早春孵化，幼虫经过五次蜕皮，到了仲夏大多已羽化为成虫。只有少数较晚出生的，现在仍为幼虫阶段。

幼虫能顺利羽化是一件值得庆祝的大事，几率大概只有三分之一，除了台风、大雨、火灾外，还有众多天敌，像黑毛蜘蛛、蜥蜴、守宫、蜈蚣、蛇、小鸟……

我在走动时，碰触到林投叶。它的利刺扎伤我的手背，也使得一只正在进食的大头竹节虫因受惊而停止啃食。我闻到了一股风油精般的气味，知道它已打开喷射孔的保险盖，准备随时给敌人喷洒"镇暴液"。

我赶忙退开，告别了这些大自然的朋友。

挥别了我的秘密花园，我从东面的珊瑚礁裂缝穿出，进入一片茂密墨黑的矮林，这是由鲁花树、红柴、树青、过山香、土樟、相思树等所组成的森林。因为受到落山风的"修剪"，所以长得虽密，却不高，而成了只有三四米高的矮林。

幸好有牛径可以追循，我才能穿越密林。我看见许多玉带凤蝶的幼虫，在过山香的叶片上，像理发一般，把叶片一片片地吃光。一九九三年正好是大约五年一次的玉带凤蝶大发生年，不但到处可见玉带凤蝶翻飞，公路上也是随处可见它们被车撞死的尸身。

出了矮林就到了草丘，草坡下有几个水牛磨蹭翻滚弄出来的泥塘。这里成了蛙类聚集产卵的地方。当我还在矮林中，就遥遥地听到它们热闹的鸣叫。从鸣声中，我辨别出有小雨蛙、白颌树蛙、泽蛙。泽蛙的声音来自泥塘边，一群小雨蛙在泥塘上方一排长成灌丛状的草海桐下群鸣竞唱，白颌树蛙的叫声则从下方一片林投丛那边清晰地传来。

激情热闹的小雨蛙把我吸引过去，我轻巧缓慢地接近草海桐。小雨蛙多躲在草海桐的落叶下鸣叫，良好的共鸣使我难凭耳朵准确地找到声源。

不过其中一只所处的位置，却让我看出端倪。因为落叶当中有一片枯叶，会随着鸣叫声而向上浮动，等到鸣声歇止时，这片枯叶又微微下沉一点。

我知道有一只雄小雨蛙躲在那片枯叶下。每当它鼓囊鸣叫时，胀大的鸣囊就把枯叶推起，当鸣声歇止而鸣囊瘪下时，枯叶就沉落原处。

我轻轻移开那片枯叶，果然一只小雨蛙正鼓胀着如小气球般的鸣囊叫着，这小如指甲的蛙儿，鸣声却大得刺耳。

我拍了一张它热情歌唱的样子，并祝它好运，随即离开了它。

有趣的是，在我登门拜访过白颌树蛙及泽蛙后，回头经过草海桐时，吃惊地发现，刚刚被我祝福过的小雨蛙，竟然已经把一只雌蛙吸引过来，并跨骑上去了。距我祝福它不过一刻钟之后。

我觉得好有成就感：一个衷心诚意的祝福，上苍是会眷顾的……所以，我也祝福台湾云豹、水獭、石虎、樱花钩吻鲑……

我沿着缓坡越过草丘，下坡时，看见几只年轻的虎皮蛙在短草间觅食。它出现在这里颇令我欣慰。这种被台湾人称为"水鸡"的大型蛙，过去在台湾田野数量相当多，现在却已少到濒临绝种的边缘，并被相关部门列为珍贵稀有保育类野生动物。

草间的虎皮蛙被灯光照到时，会很快伏身下去，以免暴露行迹。当我在秋夜重访此地时，我知道树鹨将会取代虎皮蛙而出现。

草坡下有一片洼地，也有些蛙类在这里活动。我只看见泽蛙与白颌树蛙，不过在水边的灌丛上，我又发现了一条赤尾鲐和一条大头蛇。我没有惊扰它们。

现在我走上虫声嘈杂、马樱丹夹路的步道，花上、叶上到处可以看到昆虫：竹节虫、台湾大蝗、蟋蟀、螽斯、蜘蛛、守宫、蜗牛……而叶底下则可以发现静静酣睡的斑蝶、粉蝶。偶尔在枝端，会发现攀木蜥蜴紧紧抱着小枝沉睡。这些白天警觉性甚高的动物，现在几乎可以让我抚它们的须角。

优哉地踏着星光归路，嗅着马樱丹花特殊的气息，倾听着鸣虫的协奏，享受着似水凉风，我心中充满了愉悦与感激。能自由自在地漫游于美妙的仲夏夜里，是何等的福分啊。

总觉得，我们原本都很富有，富得可以如此自由自在、随心所欲。但，因为要得太多，反而使我们变穷了，自己把自己压得喘不过气来，甚至有许多都市人，竟记不得天上有月亮，也忘了有星星！

上图　津田氏大头竹节虫是一种非常特殊的昆虫，分布在亚洲的一些热带岛屿，恒春半岛是它最北的分布地。它们行孤雌生殖，也就是"不婚妈妈"，在野外一直未曾发现雄虫。

右页图　玉带凤蝶可能是台湾凤蝶中数量最多的一种，尤其在大发生年，郊野各处，只要有花的地方，就可以看见它们翩翩飞舞。通常它每隔一两年就会大发生一次。即使非大发生年，它仍是平地最常见的凤蝶之一。

左页图 玉带凤蝶因其黑翅上有一玉色横带而得名,雌雄皆如此,但雄蝶却很奇怪地出现另一种色彩较为丰富的形态,看起来有点像红纹凤蝶。

上图 一只雄小雨蛙躲在枯叶下鸣叫,它的身材小如尾指的尾节,但声音却出奇的大,声音不高,却十分震耳。很难令人相信,这样小的个子,竟可以发出这样粗粝的鸣声,每每相隔数百米之外,就可以听见它在嘶鸣!

我刚祝福这只雄小雨蛙不过片刻,就有一只雌蛙送上门来,并让这只卖力鸣唱的雄蛙骑乘上去……

夏夜密林

往常,只要天一黑,林野就跟着热闹起来。现在这种反常的寂静,对我这老经验的自然观察者来说,却是暗自欢喜。因为这表示一个更热闹、精彩、狂欢的仲夏夜正在酝酿着……

夏季长长的白昼终于垂暮谢场，天色逐渐墨黑下来，骚蝉涛声般的嘶鸣也随之渐渐歇息，终至无声。

草丛中，除了一两只蟋蟀像试音般间歇地鸣唱了几段短短的练习曲，大地万籁俱寂。下午四点的那一场骤雨，似乎把夜行动物的生活步调打乱了。

往常，只要天一黑，林野就跟着热闹起来：纺织娘、骚斯、蟋蟀、黄嘴角鸮，全铆足了音量，以热烈的歌声作为一天的开始。现在这种反常的寂静，对我这老经验的自然观察者来说，却是暗自欢喜。因为这表示，一个更热闹、精彩、狂欢的仲夏夜正在酝酿着……

我换上美军丛林装，脚穿长筒雨鞋，背着全副夜间摄影装备，在天黑一个小时后，走进了森林。这是位于高雄县六龟乡一处属于林业试验所六龟分所的扇平工作站，也是中央山脉支系海拔在700米左右的森林。

我在这片茂密的森林中从事自然观察已有一段时日，对这片密林的动植物算得上熟悉，特别是那些有固定领域的动物，我大致清楚它们所自定的国土。

森林在一般人的概念里,或许只是许多树木的聚组而已。事实上树木只是主角,它还有更多的配角陪衬着它,例如地面层的野草灌木,攀爬林间的藤蔓,以及寄生或附生于树干上的其他植物、昆虫、鸟类、野兽……它们都是森林中不可或缺的一分子。

我沿着小路向下走去，从小小的山地派出所旁经过。往常这里总是灯火通明，今晚却黑漆漆的，门窗紧闭。这派出所的主管陈先生，刚于几天前车祸身亡。他是布农族人，不过五十来岁，虽然干警察并不出色，却是位了不起的猎人。

他对动物的习性了如指掌，我们偶尔在森林的小径上相遇，总是聊个没完。大多时候都是我向他请教有关野生动物的习性，而他那布农族豪放的个性，也总是有问必答。

这位山地警察的左手只有三根手指，我称他为"八指局长"。他失去的左拇指和食指，还是他自己不得已剁掉的。有一次他设的陷阱逮到了一只果子狸，当他伸手去取，手快触到猎物时，突然觉得左拇指与食指中节被什么东西"刺"了一下，然后他看见一条大雨伞节缩回了草丛去。

他看了看蛇，又瞧了瞧手，知道被蛇咬了，也知道如果不及时处理，必会毒发死在回家的半途上，而且被那么大的雨伞节咬伤，是绝对无法支持走到山下求医的。于是他毅然拔出身上的开山刀，伸出被咬伤的指头，以树干为砧板，刀起指落，从此他就成了"八指局长"。

在手愈之后，他回到了落指的地方，花了好几天的工夫，找到那条大雨伞节，采用"以牙还牙"的方式，将仇敌吃掉。

我想，他的灵魂今夜也必定回到这森林了吧！像他这样的人，只有森林才能使他快乐。今夜如果我在森林中遇见他，我也不会吃惊，那时我会问他："阴间可有茂密的森林供你游猎？"然后偷偷看看他的左手，是否在阴间找回了失去的两根手指。

走过灯火全熄的派出所，我继续朝下走去，来到一座土地庙——这是人烟的终点站了。土地庙是以前在这附近工作的苗圃工人建的，在这茫茫阴森的大山中，人变得非常渺小、无助，在那不可测的林中深处，没有人会怀疑魑魅魍魉的存在，建座亲切的土地庙，多少能使人心安些！

土地庙建在一棵颇大的雀榕树下，每当雀榕果实成熟时，总有许多嗜食浆果的山鸟，像白头翁、红嘴黑鹎、五色鸟、树鹊聚集于此，我也曾看过像团火般的朱鹂伫立在这树的高枝上。

我用探照灯顺着湿漉漉的树干由下往上照，一只雪白色的蜗牛在比我略高的树干处，往下缓缓移动。这是一只并不常见的白高腰蜗牛。在灯光下它亮丽极了，正把身子水平向外伸得长长的，两根细长的触角不断转动着，朝四周探测着，然后又继续朝下滑去。

它看似走得不快，不过在近摄镜头下，它的速度也不算慢。我追踪了一小段距离才拍到自认满意的照片。

离开小土地庙，前面一条小路斜滑入森林，我顺着小路朝山谷走去。走了一小段，我离开小路，转入一片林中隙地。那里有几块被羊齿草包围的岩石，我要来探望"大王"今夜可好。

来看大王几乎是我的例行公事，只要循这条小路进入森林，我总要弯进来看它一下。这个"大王"的封号是我给的，因为有一次我在白天打这附近经过，看到了它威风的样子跟人类的山大王没有多少差异。因为它常跳到附近最大一块岩石的顶端，作一阵伏地挺胸，再把头抬得高高的，威风地展现它那黑白斑驳的喉部，向天下昭告："我乃山大王是也！"

夜色里，山大王的领地安安静静，草叶、岩石因为下午的一场大雨而湿漉漉的，每一片草叶的叶尖，都挂着大大小小的雨珠，在我的灯光照射下，闪闪发亮。

我用灯光找寻着大王，我想知道雨后的大王会选择何处过夜。

右图 白高腰蜗牛是一种台湾地区西部不常见的蜗牛，但在东部则数量较多。它雪白的色泽以及玲珑的模样，还真是人见人爱。

下图 像一团火般的朱鹂是扇平森林中不难见到的美丽野鸟，有时在林中不期而遇，总让我有"惊艳"之感。大自然的配色，就连画家们也自叹不如！

不消一会儿，我就看见了大王，它正四脚张开，趴在一片蕨类叶片的尾端，紧抱着小枝叶，无助地睡了。与它白天威风的模样，判若两种生物，这种白天"坦荡荡"，夜晚"长戚戚"，是许多昼行性动物的特色。

别了大王，我返身走入森林。走不到几步路，就看见大王的死对头——大头蛇，正在一株灌木上寻觅晚餐，细长的身子在枝间缠来绕去，我换了几个角度才找到它的头。

这是一条灰色系的大头蛇，颇为少见，平常所见大多为琥珀色。大头蛇的身子又细又长，因此头显得特别大，所以得名大头蛇；它身子细长如绳索，所以也被称为索蛇。这又细又长的身体是专为适应树上的生活，这样不但上树、转换枝条非常方便，最大的好处，就是可以从这边的枝干，神不知鬼不觉地探身到另一枝干捕食，而不会惊动猎物，导致猎物警觉而逃脱。这些猎物例如小鸟、攀木蜥蜴等，通常都睡在小枝尖端或叶片尖端，非常容易感觉到敌人所造成的晃动，而大头蛇这种从旁边另一树枝凌空过来的捕食反倒不易被察觉了。

大头蛇的胆子小，但抓它时，它却颇具攻击性。虽然没有毒，但它有后沟牙，会分泌一种特别的消化液，这种汁液进入伤口会造成红肿与疼痛。

在这森林树上活动的蛇我见过的有赤尾鲐与锦蛇。赤尾鲐最为常见，容后再谈，锦蛇则因常被捕蛇人抓捕而稀少。不过，有一次我曾见过一条粗长的锦蛇在树枝上活动，发现它竟然行动轻巧快速，让我开了一次眼界。

我沿着森林小径前行，要到森林中的一个废弃蓄水池去。那里平常没有什么水，只有池底的腐叶保持湿湿的，但在雷雨过后，那里会积水，然后会有一些蛙类来此举行结婚大典。像现在，我离水池还有一两百米，但已听见许多不同种类的蛙在那里热烈地鸣叫，叫得让我也升起一股兴奋的情绪。

从声音中，我听出有日本树蛙、莫氏树蛙、小雨蛙、艾氏树蛙。

小蓄水池是以红砖与水泥砌成的方形小池，坐落在森林中几棵乌桕、红楠附近。穿过小乔木，我走向被野草藤蔓及灌木包围的小池子，蛙鸣也越来越响亮。

一走近池子，我的手电筒就照见了两条赤尾鲐在池子里一动也不动地摆好捕食的姿势，以捕食大意经过的蛙类。

手电筒的强光惊动了赤尾鲐，它们在池底拼命滑动想离开池子，但七八十厘米高的池壁阻挡了退路，最后它们把三角形的头高高昂起，将前半段蛇身笔直地挺升，口吐舌信朝灯光游来，活像昂首吐火的西洋恶龙，看了还真叫人有些头皮发麻。

我跃上池壁，蹲在那里朝着池中拍照，正按着快门，却感觉有什么东西轻轻碰触我的雨鞋。我将灯束移向脚下，看见自己正踩着许多攀爬在池墙上的藤蔓。

搜寻了许久，才发现脚底的藤蔓间有一条赤尾鲐被踩住，它正奋力挣扎，扭动的上半身一阵一阵碰触我的雨鞋，我赶快松开脚，它一旋身滑入墙外的密草间。

这时我才警觉，先前受到池子里两条目标明显的赤尾鲐所吸引，而忽略了其他停在周围的蛇。于是开始沿着四周仔细观察，最后竟然找到了十一条大小不一的赤尾鲐，在我刚刚蹲着拍照的脚边，就有三条静静地盘在藤蔓间。幸好我穿着长筒雨鞋，即使受到攻击也不会有丝毫伤害。

原以为十一条蛇就是全部了，但在我转到池子另一边，去拍一只正在小乔木下方枝子上鼓着鸣囊大唱情歌的莫氏树蛙时，竟

上图 大头蛇身体细长如绳索,所以又被称为"索蛇",这样的身长非常适于在树上生活。它以捕捉攀木蜥蜴、树蛙、小鸟为食。其实大头蛇的头并不特别大,只是身子特别细长,使得头显得特别大而已。

左图 大头蛇以琥珀色较为常见,但偶尔会出现灰色者。大头蛇虽然无毒,但具有后沟牙,所以被它咬伤处也会轻微肿胀。

右页图 锦蛇是台湾最大型的蛇,虽然无毒,但牙齿长,咬起人来还是蛮痛的。不过它不会主动攻击人,过去是最常被人捕食的蛇,目前野外的数量已不多。锦蛇是少数几种会上树的蛇之一,多捕捉野鼠、小鸟为主要食物。

然有两条赤尾鲐悬在我额头上方，吓得我倒抽一口凉气，好像今夜森林里的赤尾鲐都应邀前来了……

我轻悄地退离了小池子。我对赤尾鲐虽然没有偏见，但要我一直在它们张口可及的范围里拍照，我想拍出来的照片可能会歪歪的……

再度循林径前行，小径往下接近一条山涧，一座小竹桥跨过涧水。我刚抵达对岸，便看见两条赤尾鲐在紧邻竹桥的树上，约莫与我等高的枝蔓间，一公一母，正跳着求偶舞。公的较瘦小，体侧有一红一白相挨着的细线；母的较胖，体侧只有一条白线，身体中段特别鼓胀，显然刚饱餐一顿，从鼓起的形状来推测，可能是一只鸟或老鼠。

它俩头相互对着，然后动作一致地升高，到了一定高度再一起慢慢放下。

直到它们发现有强光直照，立刻停止舞蹈，开始注视着光源，雄蛇首先向后退缩了一些，我赶忙熄去灯光，以免坏了人家的好事。

小径沿着溪边往上游延伸，溪中石块上有斯文豪氏赤蛙及褐树蛙，分据石块一隅，静待晚餐上桌。

我继续前行，虫声、蛙声伴着水声交鸣，空气清新湿凉，混着野姜花的香气，沁人心脾。走在这样幽深的溪谷小径，真有走向通往上层境界的感觉，心中萌生一股孤独的愉悦。

突然，我看见一束灯光自前面小径弯处，照向溪边的树上，我立刻熄去灯光注视。会是什么人在这夜晚的深山里活动？

我蹑手蹑脚地走近光源，看见一位戴着头灯、手握捕虫网的外国人，最后我终于认出他是来扇平地区研究蛾类的昆虫学家巴布。

巴布替美国一家自然博物馆工作，曾在世界许多偏远、蛮荒地工作，这两个月是应林业试验所六龟分所金恒镳分所长之邀，前来扇平研究蛾类。

我偶尔会在森林中遇见巴布，但在夜里，今晚可是第一次。

认出是巴布，我远远地就呼叫他，免得他被我忽然出现吓一跳。

我们在小径上快乐地打招呼，彼此也因为知道自己不是今夜森林里唯一的人类而欢喜。我俩因拥有许多相似的蛮荒经验，以及对大自然相同的喜爱而颇为投机。我们在溪边的大石上坐着聊天，他是少数虚怀若谷、真正关怀生命、爱护大自然的美国人，一点也不像他的另一位伙伴——狄克，目中无人又疑神疑鬼，我只跟他交谈过一分钟，就知道我跟他并非同类，便避免与他接触。但我跟巴布几次见面，总是聊个没完，从大自然到人道主义，从反战的名歌聊到嬉皮……彼此间有种惺惺相惜的感觉。

聊了约莫半个小时，道别巴布，我继续往上游行去，从一道小水泥桥越溪回到森林的这一边，看见许多黄蝶在草径上静如草叶般地过夜。我可以随意变换角度，靠得近近地去拍它们。若是在白天，我只能远远地看它们在铁刀木树梢成群闪电般快速地追逐穿飞。

台湾地区有许多蝶类，飞行时不但速度快，还常左右晃动，让人看了有飞快乱舞之感。其实它们是为了不让天敌——捕蝶的小鸟瞄准，而黄蝶正是这样的蝶类之一。

黄蝶幼虫的食草是铁刀木，这山谷里有一小片铁刀木林，所以黄蝶也是这里常见的蝶类。在白天我难得拍到它们，唯一的机会是它们群聚吸水的时候。

小径斜斜上升并穿入林中，淙淙溪水声越来越细。我听见两

上图 躲在池畔草丛间的赤尾鲐，体色与草叶几乎一模一样，而此时我的注意力正被池中的赤尾鲐所吸引，以至没发觉就在脚下的它……

右页上图 正爬在树干上采集毛毛虫的巴布。许多著名的自然学家就像巴布一样，一生当中大部分的岁月是在蛮荒僻野或天涯海角度过。许多科学家的成功固然令人钦仰羡慕，但他们穷毕生精力投入，过着简单甚至是辛苦的生活，却是没几个人能熬得下去的。

右页下图 正在求偶的赤尾鲐。左边身侧有红线者为雄蛇，右边身侧仅有白线者为雌蛇。

银纹淡黄蝶飞行速度极快,而且常左右扑飞,这样是为了避免让追逐它的小鸟瞄准而被啄。它的幼虫食草为铁刀木,所以我们可以看见成蝶为了求偶,而成群在铁刀木树顶上快速疾飞,令人目不暇给。

左图 到了夜晚，黄蝶会寻一处可以避敌的地方过夜，这时的它们几无设防而任君拍摄。

下图 白天唯一可以拍到黄蝶的时刻是它们静静吸水时，而捕蝶人就利用它们这种吸水取钠的习性，以尿液诱它们前来，往往一网成擒达数百只之多。

右页图 麻六甲合欢的枝干高而挺拔。当山雾沉落在树枝间，画面变成了黑白照片，少了色彩，反使它的枝干变得更多姿生动，也更添了几分诡异。

只黄嘴角鸮遥遥对鸣,它们那口哨般连着的两声鸣叫,听来还真有些神秘。这使我想起梭罗在《瓦尔登湖》中的一段话:"我很高兴有猫头鹰存在,可以让它们为人类的愚蠢作疯狂的嚎叫。这种声音最适宜阳光照耀不到的沼泽与阴沉的森林,使人认知还有人类未知晓以及未探索的广袤大自然。"

森林中有几棵高大的麻六甲合欢,高度至少在三十米以上,枝叶扶疏,群聚一起,俨然鹤立鸡群,使得林中其他树木显得矮小许多。我喜欢在起雾时造访这几棵大树,这时的景致成了活生生的黑白照片,枝、干、叶片,生动地剪影在白色的雾中,层次多而分明。只有雾凝结在叶片上的水珠,从高高的树冠上滴落发出的"答"声,让我警觉这是真实的景象,而不是一张大照片。

我最喜欢在林中雾气弥漫时来这里徜徉、拍照。看着那些飞雾在大树间流动,总让我有与神灵同在的庄严与感动。在大自然中多年的体验,让我得到一个启示:"森林、大树是上苍赐予人类的最大恩宠,懂得欣赏、怀着感激与尊重的人,他的生命将注入满溢的喜悦与灵性。"

现在这几棵大树在黑夜中的手电筒照射下,显得分外巨大,我只能照出它的下半树干,腰以上的枝干树冠全隐没在夜色中,给人无限的想象。雨后的夜晚空气凝滞,纹风不移,万叶静止,林树沉睡。我从巨干间穿过,有如走入地球洪荒的年代,一股原始的神秘弥漫在这墨黑的林中。这是我最觉兴奋的时刻。每每在保有原始面貌的荒野大自然里,尤其是荒野的夜晚,我就不再受时光与肉体的局限,我的冥想力可以让我穿梭于地球的任何年代,并深深地体会到生命无限的真谛,以及荒野对地球、对人类无与伦比、无可取代的重要性。

走过大树,我在一棵小灌木上发现了一只刚蜕下壳的骚蝉。

这是生命发亮灿烂的一刻。它在地底生活了好多年，现在出土羽化，到了明天早上，露水初干，它就可展翅飞翔，雄蝉更会唱出激昂的生命之歌。像美洲的十七年蝉，蛰伏土壤十七年后才出土羽化。一旦出土，怎不高歌或狂啸呢？所以我对各种蝉声都能包容与欣赏，甚至聒噪的熊蝉，在我听来也是令生命振奋的进行曲。蝉中最让我感怀的要算骚蝉了。在童年的暑假里，总在我疲倦、寂寞又饥饿的黄昏中，阵阵规律地嘶鸣着，它与薄暮中村舍的炊烟、父亲被夕照拉长的荷锄身影，以及遥遥相应和的白腹秧鸡啼声，组成了我童年向晚时分的乡愁。

在多年的自然观察中，令我印象最深刻的蝉，是一只被夕阳金光穿透的孤独骚蝉。响亮贯耳的鸣声，从那不过拇指般大，却泛着橘红剔透光泽的腹部射出。它奋力地嘶鸣与狂叫，仿佛想用它的声音挽留太阳的沉沦。我被这小小的鸣虫，这细微短暂生命的自信与狂热所感动，我单脚跪地，按下快门，记录下这段令我尊敬的光彩生命。

此刻，借着黑夜的掩护，小灌木上的骚蝉已羽化成功。我知道，明天我重返此地，它将用它生平的首次演唱来欢迎我，森林也将会因这位新生歌手的加入而更生意盎然。

沿着小径前行，大树消失在我身后的夜色中。走了十几米，眼角的余光突然感觉到右边离小路大约两米的树干近基部处，一条琥珀色的树藤抽动了一下。我知道很可能是一条蛇，猜想是条大头蛇，在这森林中，我已跟它狭路相逢数次，它那琥珀色细长如绳索的身子相当出名。

我离开小径，趋近细瞧，发现我猜错了：是一条比大头蛇小很多的稀有蛇类——钝头蛇。

钝头蛇是一种小型蛇，最粗也不过人类的尾指粗。它最大的

左上图　黄嘴角鸮是一种小型的猫头鹰，分布在台湾中低海拔的树林中。常连续发出两声如口哨般的鸣声，再加上不停鸣叫，为夜晚带来一些神秘又无法形容的特殊气氛。

右上图　刚刚羽化的台湾骚蝉，挥别了泥土中长期暗无天日的生活，脱去了黯淡丑陋的旧壳，换上了多彩多姿的霓裳羽衣。明天它就可以粉墨登场，为大地献上它的热烈歌声。

右页图　一只正在激情歌唱的台湾骚蝉。此时夕阳金光正穿透它的共鸣腔，而它的声音震动我的耳膜，它的彩衣吸引着我的镜头。大自然透过一只小小的鸣虫，传达了生命的无限可能。

特征是吻部的宽度与头额部同宽，从上往下看，整个头呈方形，又因眼睛大且相当靠近嘴颊，使它看起来有些怪而可爱。

在探照灯照射下，它立即就地保持原姿势不动，这样就可以让敌人误以为它是一根小树藤。这是它用来欺骗敌人而逃生的方法。它既无毒，又温驯，再加上身材细小，要捕食它的敌人可不少，从鹰隼到多种蛇类，都视它为佳肴，所以"装藤"以及夜晚活动都是它的避敌之道。

这么小又无毒的蛇到底要吃啥呢？我们都知道，蛇是肉食性动物，有的吃肉，有的吃蛋、蚯蚓、昆虫、鱼，有的甚至什么都不吃，只吃蛇，像眼镜蛇王便是。而钝头蛇竟以吃蛞蝓，也就是无壳蜗牛维生，这算得上是非常特别的食物了，而它也是目前台湾仅知以蛞蝓为食物的蛇类。

当我走近它时，它似乎也察觉到了，开始迅速地吐信。等我靠近时，它变得忸怩不安，然后回头向下移动。尤其在我按下相机快门，闪光灯乍亮复熄时，它变得犹疑惊慌。我赶忙退后一步，轻道了声"晚安"，快速转身离去。

我现正准备赶赴另一个盛会。在森林的外侧有一大片苗圃地，那里种植着各种树苗，在苗圃中央及下方处各有一座方形的人工小蓄水池。这是夏日雷雨后的夜晚，上演主戏的剧场，也是今夜演出压轴好戏的地方。

林木变疏了，小径慢慢宽了。我关熄探照灯，看见满天的星斗亮如钻石，光线从树隙间穿落下来，与疏林里流动的萤火虫光点相互辉映，形成一片神秘又美妙的奇幻世界。地面也有些许萤光，我知道这是萤火虫的幼虫。它们在潮湿地面寻觅着猎物，有些静止不动正在进食。我拿出小手电筒，看见模样丑陋的黑色幼虫正伸头到一只小蜗牛的壳里，吸食它的体液。这怪模怪样又贪食的虫子，实在令人很难将其与可爱的萤火虫联想成一种生物。大自然无限的创造力不只表现在生物的长相上，也展现在生物间的相互关系上，奥妙的生存攻防，巧妙的食物链……互相竞争又彼此帮忙……

在萤火虫环绕中，我想起最近"国家公园"正在进行的萤火虫复育，不觉好笑。这里萤光四飞又是谁来复育的呢？"国家公园"的萤火虫复育不过是应付顶头上司的外行指示，实际上花了大把钞票都全无是处。因为只要萤火虫的栖地不受破坏，萤火虫就会满天飞舞。可是一旦破坏栖地，把花了大把钞票复育出的萤火虫放进去，就像把钱丢入海中般全无声息，因为萤火虫不过几天就会全"谢谢收看"，然后明年得再花更多的钞票来重新表演一次。

我曾拜访台湾萤火虫之父陈仁昭教授，他虽然是萤火虫权威，却反对一时兴起的萤火虫复育，因为大自然生物彼此间的关系是环环相扣，极其微妙的。任何一种生物数量的突增或骤减，都不知道会产生何种后果，而且只凭人类个人的好恶来增减大自然中的生物特种，很可能会为大自然带来一场大祸。

走出疏林，迎接我的是满天灿烂的星光，以及满苗圃园里响亮交织的虫声蛙鸣。苗木上方流萤闪烁，好似随着乐声，翩然起舞，好一个热闹、优美又神秘的仲夏夜。回想童年的夏夜，虽然今晚略为逊色，但也颇为神似。这也使我幻想着一百年前的台湾夏夜……此时此地，我多少重温了台湾大地的荒野原貌与气息，因而感动不已，也让人悠然想起杜牧流传千古的诗句：

银烛秋光冷画屏，
轻罗小扇扑流萤。
天阶夜色凉如水，
卧看牵牛织女星。

左页图 钝头蛇的头前方钝如锤,眼睛又如此靠近吻部,看起来还真的有些怪模怪样。但它很温驯,是一种小型蛇,最粗的也不过像我的尾指般粗,而它的食物竟是蛞蝓,这事可相当出人意料之外。

下图 萤火虫的幼虫都是肉食性,以螺为食物。萤火虫可分两大类,一为水生,一为陆生,水生者吸食水中螺类,陆生者猎食陆地螺类。幼虫也都会发光,因此一般夜晚在森林地面所见的发光体大多为幼虫。

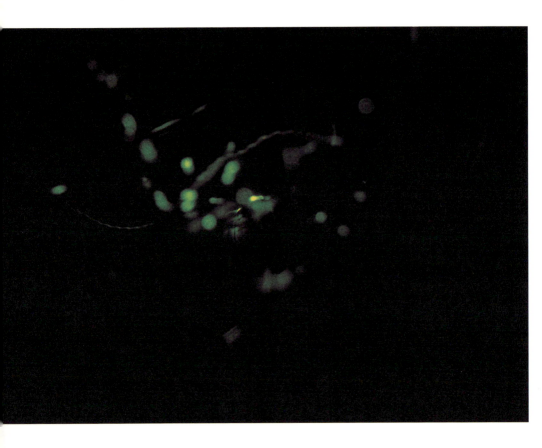

上图 萤火虫是一种奇妙的小昆虫，它所发的光是一种冷光。这种不发热的光，人类至今仍未能制造出来。萤火虫的光主要是用来求偶，我们看见飞来飞去，闪着萤光的是雄虫，而雌虫通常不会飞，停在草叶上，以闪光来向雄虫发讯号。当雄虫激情地飞近，如果雌虫不喜欢，则会把光变暗，如果喜欢，就会好事成双。

右页图 黄麻溪位于玉山"国家公园"南安游客中心通往瓦拉米的半路上，步行约需四至五个小时。这条溪清澈优美，是台湾地区野生动物最多的地方，显见"国家公园"的保育工作正慢慢呈现效果。

美丽丰饶又无奇不有的大自然，是诗人墨客创作的泉源，但环视我们生活的环境，又有什么可以入诗入画呢？十年来，我们出卖大地的美丽去换取金钱，现在我们已经穷得只剩下一无是处的纸钞了。不，在台湾偏远的山区离岛仍保留些许宝岛原貌，在此分享给读者一次特别的经验：一个欲雨墨黑的初夏夜晚，空气温暖潮湿，我与太鲁阁"国家公园"解说课长游登良，以及金门"国家公园"的周民雄，坐在玉山"国家公园"黄麻溪的吊桥上，聆听着鸱鸮、飞鼠以及山羌伴着淙淙水声鸣叫。

突然间，我看见左下边森林一棵树顶闪了一下亮光，就好像有人在那里朝树梢打了一下闪光灯般。正在猜想那是怎么一回事时，右前方的森林也有一棵树顶同样闪了一下光，然后一切又复归寂暗。又经过了二十几秒，闪光又开始了，位置也变换了，闪光与闪光之间有时连续，有时又隔上几秒钟，但每次都闪在不同位置。我们没有人猜得准下次闪光会在何时亮起，以及亮在何处，我们的头、眼就这样追着闪光，忽左忽右，忽前忽后，它们好像烟火围绕在我们周围，这里一闪那里一烁，好像在戏弄我们。没有人知道到底是什么在闪，但我直觉那是一种特殊的萤火虫。

它们就这样闪上一阵子后，又忽然不再闪了，好像它们需要休息或者填充弹药，直到我们等得不耐烦准备离去时，才又开始闪动。当然我们也乐于继续被耍，毕竟那是非常特别的经验与一种感动，大概一辈子就这么一次……不久雨滴落下来，烟火也不再点燃，但它却永远留在我们的脑海深处，也留给我一个疑问：那快速的闪光到底是一只还是数只萤火虫的发光？如果是一只，未免比一般萤火虫的光亮太多了吧？如果是好几只一起闪，它们又如何能这样准确又快如闪电般地同时发光？更令我不解的是，这种萤火虫发光的时间未免太过短促，犹如闪电一般，一闪即逝，而不像一般的持续至少也有半秒以上……这些疑问至今尚未解开。

踩着星光、萤光辉映的石子路，勉强抛去"今夕是何夕"的浪漫情怀，我来到了苗圃中央的蓄水池，这两米见方的池子被荷叶占去了大部分，几朵待开的荷花从叶间举起。我听见不少日本树蛙发着短促如口哨的声音，中间偶尔夹着一两声白颌树蛙如敲门般的鸣声。

我打开手电筒，慢慢照在荷叶上。不太明亮的灯光下，映照出许多个子小小的雄日本树蛙，正在叶片上为了求偶而各显神通。有的鼓着白白的大鸣囊卖力唱着情歌，有的两只抱在一起较劲，更有的骑在另一只雄蛙身上，或是把后腿笔直举起，摆出"丹凤朝阳"的高难度动作。这么多的蛙，在白天都躲了起来，而且躲得天衣无缝，我只曾在一片荷叶的破洞中看见一只向外偷窥的蛙眼睛。

通常蛙鸣声越低沉洪亮越易吸引雌蛙，这种雄蛙的身材总是比较魁梧。但并不表示鸣声较高较细的就找不到女朋友，因为它们之中有些还蛮聪明的，会躲在魁梧雄蛙附近，等到远处有雌蛙出现时，便悄然迎前，让那只雌蛙以为它就是那只发出低宏鸣声的雄蛙，中途就把雌蛙给"骗"走了。

如果两只雄蛙的鸣声粗细相近，那么就要以武力来分出高下了。因为它们没有牙齿、利爪可以攻击对方，所以就靠勇气、技巧以身体来压制对方。这种比武相当不易分出胜负，往往要打上整个晚上，最后技巧好的、耐力强的总会得胜。但，我有一次却看到一幕闹剧：两只雄蛙正打得天翻地覆，等在一旁的雌蛙大概不耐久候，竟然就被躲在一边，身材小了半号的雄蛙给捡了便宜，而那边尚在鏖战不休，这边竟双双消失在夜色中。

不只荷叶上捉对厮杀，池外溢湿的积水地面上也杀声不绝。就在我蹲下去拍地面的日本树蛙时，瞥见水泥池壁上一对白颌树蛙正在交尾产卵，母蛙慢慢产出奶黄色的卵，而背上的雄蛙，则用后腿将它排出混着精液的特殊液体，搅拌成发泡如海绵般的物质，将卵保护起来，而它们脚下的卵包则越发越大……

我知道，再过不久，这水池里将游动着无数的小蝌蚪。

别过一池的树蛙，我转往苗圃下方的另一个小蓄水池，远远的就听见几只莫氏树蛙在那里鸣叫。再走近一点，拉都希氏蛙怪异的鸣声也入耳来，它们的鸣声还真难以形容，有点像是雨鞋进水走路时发出的挤压声，也有人说它像便秘时，喉咙发出的嗯嗯声……

在手电筒照射下，水泥池岸上散布着许多拉都希氏蛙，有几只正在摔跤较劲，还有的鸣叫着，呆立着，偶尔有一只跳下池子去。而三只莫氏树蛙则停栖在池子上面的小树枝上，鼓起大大的鸣囊，鸣叫着并不清脆的铃声，池外另有一只在姑婆芋叶片上回应着。池外的湿地上，两只小雨蛙也在小草间嘶鸣着，伴随螽斯与蟋蟀的弦乐。这里是仲夏交响乐团的演奏台，而我是唯一的人类听众。

卧坐在附近的一块突石上休息，仰望满天星斗。下午的一场大雨把今晚的夜空洗得分外剔透，星星变得特别多、特别亮，仿佛比往常更贴近地面，也让我觉得今夕更浩瀚神秘，而我却变得更渺小孤单。那种"前不见古人，后不见来者"的无奈与感伤竟悄然袭来，一下子落回年轻时多愁善感的情怀，忆起那年夏夜写下的诗句：

浩瀚穹苍　蕴藏着无限孤独
满天星斗　颗颗是忧伤泪珠

竟勾起许许多多年轻时蹉跎过的事物与时光，不觉吐出长长的、无奈的喟叹。我赶忙翻身站起，人生虽不免回顾，却不该感伤，把握眼前当下，正是"天行健，君子当自强不息"。

萤光熄灭，蛙鸣渐稀，而虫声寥落，仲夏夜的灿烂滚滚银河，当空横过。午夜即至，我转身离去，把过去难以重拾、挽回的种种，抛诸脑后，心中想着明晨被朝阳穿透而映射出一片如钻光芒的露珠。

左页图 蛙类是一种夜行性动物，白天不易被发现。它们有很好的保护色，通常躲在阴暗洞穴或落叶底下，直到夜幕低垂才出来活动。图中即为一只日本树蛙，躲在荷叶下，从荷叶破洞中往外窥视。

下图 仲夏夜里，小小的日本树蛙借夜色掩护，爬到荷叶上，构筑出一幅生动的夏夜图画。

左页上图 一只雄日本树蛙鼓着大鸣囊吹嘘它雄蛙的魅力。很难想象这小小的树蛙，唱出来的歌声竟像雀鸟鸣唱般悦耳。

左页中图 荷叶擂台上，也有许多雄蛙捉对比武。雄蛙通常先比鸣声，如果鸣声可以比出高下，就可免动干戈。当鸣声难分轩轾时，打架就在所难免。蛙没有牙齿可咬，也没有利爪可撕，它们通常以身体压制，或用腿踹对方，这样的打斗通常得进行相当长的时间才能分出胜负。

左页下图 一只雄蛙未经打斗，靠鸣声就吸引了一只雌蛙的垂青，允许它骑乘上去。但它们并没有真正的交尾，因为蛙类是行体外授精。雄蛙的骑乘可以刺激母蛙排卵，这样的方式叫做"假交尾"。

上图 一只正在热情鸣唱的雄蛙，惹火了附近另一只雄蛙。那只雄蛙冲了过来，一个箭步，冲跳而上，勒住对方的脖子想制止它的求偶，甚至想把它赶走。

在池子的一角，白颔树蛙正在产卵，雄蛙则用后腿将所排出混着精液的液体，搅拌成发泡如海绵般的物质，将卵保护起来。母蛙排的卵愈来愈多，卵泡也愈发愈大。

右图 一只雄莫氏树蛙攀在池子上方的横枝上，放声高唱，它的声音听来仿佛有些幽远而又寂寞。

下图 一群拉都希氏赤蛙正在池墙顶上开打，一只母蛙站在远处静待比赛结果出炉，胜者将赢得这只母蛙。母蛙身形通常都比雄蛙大上许多，可见人类观念中的"魁梧雄性"并不适用于蛙类身上。

上图　一只雌拉都希氏赤蛙背着个子小一号的新情人去度蜜月。虽说雄蛙未免太偷懒了点，但经过一连串的打斗之后，雄蛙早就累坏了，或许此种方式才是最甜蜜的蜜月旅行。

左图　另一只雄莫氏树蛙爬在池边姑婆芋的叶梗上鸣唱。黑暗中的仲夏夜，眼睛一点也不管用，反倒是听觉成了感受这热烈仲夏夜的重要角色。

右页图　日出的光箭，穿透清晨草叶上无数的露珠，反射出各色光芒。我想，人生也可以如此美好，就看你心中射出什么样的光芒……